August Deppe

Des dio Cassius Bericht über die Varusschlacht verglichen mit den übrigen Geschichtsquellen

Antigonos

August Deppe

Des dio Cassius Bericht über die Varusschlacht verglichen mit den übrigen Geschichtsquellen

Unveränderter Nachdruck der Originalausgabe von 1880.

1. Auflage 2024 | ISBN: 978-3-38692-351-4

Antigonos Verlag ist ein Imprint der Outlook Verlagsgesellschaft mbH.

Verlag: Outlook Verlag GmbH, Zeilweg 44, 60439 Frankfurt, Deutschland
Vertretungsberechtigt: E. Roepke, Zeilweg 44, 60439 Frankfurt, Deutschland
Druck: Libri Plureos GmbH, Friedensallee 273, 22763 Hamburg, Deutschland

Dio Cassius

Bericht über die Varusschlacht

verglichen

mit den übrigen Geschichtsquellen

von

Dr. Aug. Deppe.

Detmold,

Meyer'sche Hofbuchhandlung.

(Gebr. Klingenberg.)

1880.

Vorrede.

In einer bei G. Weiß zu Heidelberg 1879 erschiene-
nen Schrift, die den Titel trägt: „Wo haben wir das
Sommerlager des Varus aus dem Jahre 9 unserer
Zeitrechnung und das Feld der Hermansschlacht
im Teutoburger Walde zu suchen?" ist von mir aus
den bezüglichen Geschichtsquellen dargethan, daß sich das
Schlachtfeld der Varianischen Niederlage im Lippischen
Walde zwischen Bielefeld und Paderborn befinden muß,
zwischen den Quellen der Lippe und Ems westlich und den
Städten Horn Detmold Lage östlich.

Sodann in einer ebendaselbst kürzlich herausgegebenen
Abhandlung, des Titels: „Ueber die Dauer der Teutoburger Schlacht und die Ausdehnung des Schlachtfeldes nach den Geschichtsquellen," habe ich gezeigt,
daß die Varusschlacht nicht dreitägig gewesen ist, sondern nur
zweitägig, wonach sich auch die Länge des Schlachtfeldes in
Etwas bemessen läßt.

Mit der vorliegenden Arbeit nun beabsichtige ich, durch
Vergleichung aller die Sache berührenden Geschichtsquellen,
über den Verlauf der Varusschlacht und deren Neben-
umstände mehr Licht zu verbreiten, und damit zugleich die
Alterthumsforscher der betreffenden Gegend zu neuer Thätig-
keit anzuregen.

Aufgefunden ist bereits, auch meiner Ansicht nach, ein wichtiger Punkt, nämlich das römische Kastell Aliso, und zwar von Aug. Schierenberg, der sich dadurch um die Geschichte ein Verdienst erworben hat. (Siehe dessen Schrift: „Ein historischer Spaziergang von Tropaea Drusi über den Externstein nach dem Campus Idistavisus. Detmold, 1875). Seine Entdeckung wurde von Ludw. Hölzermann weiter bestätigt, und dieser mit militärischen Kenntnissen ausgerüstete Lokalforscher nahm zuerst einen Plan der noch vorhandenen Wälle auf. (Siehe dessen Werk: *„Lokaluntersuchungen* die Kriege der *Römer* und *Franken* betreffend. Münster, 1878.) Demzufolge ist das Kastell ein Rechteck, dessen Länge 300 und Breite 200 Schritt beträgt; die Wälle haben eine Höhe von 19 Fuß; jetzt liegt das Dorf Ringboke darin.

Wahrscheinlich erhielt Aliso seinen Namen von dem benachbarten Orte Elsen im Cheruskerlande, wo auch der Bach entspringt, an dessen Mündung in die Lippe nach Dio Cassius 54, 33 die Festung erbaut wurde. Wie sich aus Hygini Gromatici liber de munitionibus castrorum berechnen läßt, hatte ein Lager von jener Größe Raum für 1340 Mann oder drei Kohorten mit allem Zubehör. (Man vergleiche die Schrift: „Das Römercastell *Saalburg* von A. v. Cohausen und L. Jacobi. Homburg v. d. Höhe, 1878).

1.

Zustände im nordwestlichen Deutschland unter der Statthalterschaft des Quintilius Varus.

Für eine geschichtliche Forschung ist es wichtig, nicht allein viele Anhaltspunkte und Quellen zu haben, sondern auch die Sicherheit und den Werth derselben zu kennen.

Ueber die Varianische Niederlage berichtet am ausführlichsten *Dio Cassius* in seiner griechisch abgefaßten Römischen Geschichte, Buch 56 Kap. 18—24. Allein dieser Bericht ist zweihundert Jahre nach dem Ereignisse geschrieben, weßhalb wir Ursach haben zu fragen, woher Dio seine Angaben hat, und wie weit sie durch andere Historiker bestätigt werden.

Zunächst scheint ihm die aus dem Jahre 30 n. Chr. stammende Römische Geschichte des *Vellejus Paterculus* zur Hand gewesen zu sein, der als Reiteroberst unter Tiberius, während der Sommer 5 und 6 n. Chr. in Germanien, selbst Land und Leute dort kennen lernte. Sein Bericht über die Varianische Niederlage findet sich Bch. 2 Kap. 117—121 und beginnt: „Eben hatte Tiberius an den Pannonischen und Dalmatischen Krieg die letzte Hand gelegt, als fünf Tage nachher Trauerbriefe aus Deutschland meldeten, dass Varus gefallen und drei Legionen mit ebensoviel Reiterschaaren und sechs Hülfstruppen vernichtet seien." In ähnlicher Weise anknüpfend erzählt nun Dio: „Eben war die Feier des Sieges über Pannonien und Dalmatien beschlossen, als eine Schreckensnachricht aus Deutschland eintraf, welche sie an der Ausführung der Festlichkeiten hinderte."

Weiter scheint Dio dem Geschichtschreiber *Florus* zu folgen, der uns zwar nach Zeit und Vaterstadt sogar nach Vor= und Zunamen unbekannt ist, dessen Bericht über die Varianische Niederlage jedoch vor allen das Gepräge der frischesten Erinnerung trägt und meiner Ansicht nach aus den Jahren 11—13 n. Chr. herrührt. In dem betreffenden Abschnitte Bch. 2 Kap. 30 heißt es: „Ausserdem vertheilte Drusus zum Schutze der Provinz überall Besatzungen und Wachtposten, an der *Maas* der *Elbe* und *Weser*. Besonders am Ufer des *Rheines* errichtete er mehr als fünfzig Kastelle. *Borma* und *Caesoriacum* verband er durch Brücken und sicherte sie durch Flotten. Er öffnete den bis auf diese Zeit ungesehenen und unbetretenen *Hercynischen Wald*. Und solcher Friede war endlich in Deutschland, dass die Menschen umgewandelt, die Erde eine andere, selbst der Himmel milder und angenehmer als bisher zu sein schien". Dem entsprechend erzählt Dio: „Die Römer besassen im *Keltenlande* einige Gegenden, nicht beisammen, sondern wie sie gerade erobert worden waren, weshalb deren in der Geschichte auch nicht Erwähnung geschieht. Ihre Soldaten überwinterten dort und Städte wurden gegründet. In die Ordnung der Römer bequemten sich die Barbaren; sie gewöhnten sich an Märkte und unterhielten mit jenen einen friedlichen Verkehr."

Von den oben erwähnten in Deutschland durch die Römer angelegten Kastellen und Städten stehen folgende drei zur Varusschlacht mehr oder minder in Beziehung: Das Alte Lager am Rhein, Aliso an der oberen Lippe, und die Stadt der Ubier. — Ersteres wurde von Augustus in den Jahren 16—13 v. Chr., während seines Aufenthaltes in Gallien und am Rheine (Dio 54, 19 — 25), dem Ausflusse der Lippe gegenüber angelegt, und erhielt wahrscheinlich von ihm den Namen *Caesoriacum* (Florus I, 5); später nannte man es gewöhnlich *Vetera*, das alte Lager (Tacitus Hist. IV, 18. 36). Den Zweck desselben lernen wir aus Tac. Hist. IV, 23 näher kennen: „Augustus hatte nämlich geglaubt, durch jenes Winterlager könnten die germanischen Länder behauptet und unterjocht werden." Es hatte Raum für zwei Legionen (Tac. Hist. IV, 22. 35); eine Schiffbrücke führte daselbst über den Rhein (Tac. Ann. I, 49, 69); auch lag eine Flotte dort zur Verstärkung (Tac. Ann. I, 60). Die Rheinstädte Xanten und Wesel verdanken vielleicht diesem Lager ihren Ursprung und Namen. — Das Kastell Aliso wurde von Drusus im Jahre 11 v. Chr. als Stützpunkt gegen die Cherusker erbaut. Dio schreibt 54, 33 darüber Folgendes: „Drusus legte den Feinden zum Trotz da, wo der *Elison* in die *Lippe* fliesst, eine Festung an, und eine andere bei den Chatten in der Nähe des Rheines selbst." — Die Stadt der Ubier lag sechzig römische Meilen oberhalb Vetera (Tac. Ann. I, 45), also an der Stelle des heutigen Köln (Tac. Ann. I, 36). Agrippa war es (Tac. Germ. 28), der die von den Sueben über den Rhein getriebenen Ubier im Jahre 19 v. Chr. ansiedelte (Dio 54, 11). Später richteten die Römer dort ein Winterlager für zwei Legionen ein (Tac. Ann. I,

39). Im Jahre 50 n. Chr. erhob die daselbst geborene Agrippina, Mutter des Kaisers Nero, den Ort zu einer römischen Kolonie (Tac. Ann. XII, 27).

Zu den oben erwähnten Gegenden aber, welche die Römer während der Statthalterschaft des Varus in Deutschland besaßen, gehörte die Nordseeküste vom Rhein bis zur Elbe und ein Strich Landes an den Ufern der Lippe hinauf; dazwischen wohnten in der norddeutschen Ebene zahlreiche Stämme, die sich immer nur so lange fügten, als sie römische Waffen in der Nähe sahen. — Nachdem die Römer nämlich über Gallien und Belgien bis an den Rhein vorgerückt waren, nahmen sie die Bataver, welche Schiffbau und Schifffahrt verstanden und zugleich gute Reiter waren, auf freundschaftlichem Wege in ihre Dienste. Wir lesen darüber in Tac. Germ. 29 wie folgt: „Die Bataver, die Tapfersten aller dieser Stämme, bewohnen ein kleines Gebiet am Ufer, hauptsächlich aber die Insel des Rheines. Früher zu den Chatten gehörig und wegen heimathlichen Zwistes in diese Gegend ausgewandert, wurden sie ein Theil des römischen Reiches. Es bleibt ihnen die Ehre und Auszeichnung alter Bundesgenossen: kein schmählicher Tribut, kein Pächter saugt sie aus; frei von Lasten und Steuern, und nur für den Dienst in Schlachten gleichwie Geschoss und Rüstung zurückgelegt, werden sie zum Kriege aufgespart." Unterstützt von diesen Germanen fuhr Drusus im Jahre 12 v. Chr. mittels einer Flotte aus dem Rheine durch einen für diesen Zweck erbauten und nach ihm benannten Kanal (Tac. Ann. II, 8) die Yssel hinab zur Nordsee, und zwang die Friesen, welche vom Rhein bis an die Ems, und die Chauken, welche von der Ems bis an die Elbe wohnten, zu einem Bündnisse (Dio 54, 32); auch die Brukterer, die Bewohner des Flachlandes zwischen der Lippe und Ems, wurden zum Frieden genöthigt (Strabo

VII, 1, 3). Als sich Drusus in den Jahren 11 — 9 v. Chr. auch gegen die Bewohner der Gebirge, gegen die Katten die Sueben die Cherusker und Markomannen wandte, erreichte er durch wiederholte Züge nichts Weiteres, als daß sich die Feinde bei seinem jedesmaligen Herannahen zurück= zogen, auf seinem Rückmarsche ihn aber verfolgten (Dio 54, 33. 36); von der Elbe durch die norddeutsche Ebene heim= kehrend, starb er (Dio 55, 1). — Sein Bruder Tiberius suchte in den Jahren 8 und 7 v. Chr. insbesondere einen Streifen Landes an der Lippe hinauf bis zu den Cheruskern hin fest zu besetzen und abzugrenzen (Dio 55, 6. 8). Zu diesem Zwecke trieb er die Usipeten vom nördlichen Rhein= ufer und die Tenkterer vom südlichen Ufer der Lippe zu= rück, und bewog weiterhin 40000 Sigambrer durch List und Drohung, an der Maas neue Wohnsitze aufzusuchen (Suetonius III, 9). Ueber seine ferneren Erfolge jedoch weiß Vellejus II, 97 nur zu berichten: „Indem er alle Gegenden als Sieger durchzog, *ohne irgend einen Schaden des ihm anvertrauten Heeres, wofür dieser Führer immer vorzugsweise sorgte,* bezwang er das Land soweit, dass er es *beinahe* in das Verhältniss einer steuerpflichtigen Provinz brachte."

Diese Provinz nun übergab Augustus dem Lucius Domitius Ahenobarbus, der des Kaisers Nichte Antonia, die Witwe des Drusus, wieder geheirathet hatte (Tac. Ann. IV, 44). Als Statthalter durchzog derselbe im Jahr 2 v. Chr. sein Gebiet bis zur Elbe, und überschritt diesen Fluß sogar bis zu den Hermunduren (Dio 55, 10). In der Nähe des Cheruskerlandes ließ er, von der Lippe zur Ems durch die Sümpfe hin, eine Straße aufwerfen, die Langen Brücken genannt (Tac. Ann. I, 63). Als er aber auch in die Angelegenheiten der Cherusker eingreifen wollte, begann eine nach allen Seiten hin sich verbreitende Empörung. Letzteres erzählt Dio in folgender Weise: „Als er nach dem Rheine heimgekehrt war, und einige vertriebene Cherusker durch das Gebiet ihrer Gegner zurückführen wollte, gelang ihm dieses nicht, sondern er bewirkte dadurch nur, dass auch die übrigen Barbaren die Römer verachteten". Mit wenigen Worten sagt Vell. II, 100 von dieser Zeit: „Und *Deutschland*, weil sein Besieger die Augen abgewandt hatte, *empörte sich.*"

Augustus sandte daher noch im Herbste des Jahres 4 n. Chr. von Neuem den Tiberius als Oberfeldherrn an den Rhein (Vell. II, 103. 104), weil dieser es am besten verstand, durch die Einen die Andern zu besiegen. Als Unterfeldherr und Statthalter folgte ihm Cajus Sentius Saturninus im Frühling des Jahres 5 n. Chr. dorthin nach. Das römische Heer rückte jetzt an der Lippe hinauf; es unterwarfen sich die nördlich in der Ebene wohnenden Kaninifaten, Attuarier und Brukterer. In der Nähe der streitbaren Cherusker angelangt, zog Tiberius diese jedoch vor allen durch ein Bündniß zu sich, indem er zwei Fürsten derselben mit schlauer Freundschaft umstrickte (Vell. II, 105). Den Segestes nämlich beehrte er im Namen des Kaisers mit dem römischen Bürgerrechte (Tac. Ann. I, 58), und bekleidete dessen Sohn mit der Priesterwürde am Altare der Ubier. Den Fürsten Sigimer aber wußte er sich dadurch verbindlich zu machen, daß er dessen Anerben Armin als Führer einer eigenen Schaar ins römische Lager aufnahm (Tac. Ann. II, 10), und ihn an seinen Kriegszügen Theil nehmen ließ (Vell. II, 118). Durch diese List bekam Tiberius nicht allein zwei Geißeln in seine Hand, sondern zugleich an den Cheruskern selbst eine den übrigen Germanen Achtung gebietende Hülfstruppe. Jetzt überschritt er ohne Gefahr die Weser und verweilte im Sommerlager bis in den Monat Dezember, richtete darauf am Flusse Julia für seine Truppen Winterquartiere ein und reiste für einige Wochen nach Rom. — Schon im Anfange des Frühlings 6 n. Chr. war er wieder am Platze, um Germanien von der Weser bis zur Elbe zu durchziehen. Die Mannschaft der Chaukenstämme streckte ihre Waffen vor seinem Tribunale, und die Longobarden wurden bezwungen. An der Elbe dann traf mit der Landmacht die römische Flotte, welche Vorräthe herbei brachte, rechtzeitig zusammen. Von dort zurückgekehrt, ließ er die Soldaten wieder an der Julia überwintern, und eilte zur Hauptstadt (Vell. II, 106. 107). — Im folgenden Jahre 7 n. Chr. sollten die Markomannen und ihr König Marobod besiegt werden. Diese hatten sich vor Drusus aus der Ebene hinter das Harzgebirge zurück gezogen, und Hermunduren waren unter Domitius in ihre Wohnsitze gerückt. Allein Marobod hatte dafür durch ein stehendes Heer von 70 000 Fußsoldaten und 4000 Reitern seine Herrschaft über Böhmen hin erweitert. Gegen ihn brach nun Tiberius mit dem Heere, welches in Illyrien diente, einerseits von der Donau her auf, während anderseits Saturninus mit den germanischen Legionen durch die Katten nach Böhmen vordrang. Man war nur wenige Tagemärsche noch von einander und von den Feinden entfernt, als Tiberius die Nachricht erhielt, daß in Pannonien und Dalmatien, welche Länder er zu sehr von Truppen entblößt hatte, ein furchtbarer Aufstand ausgebrochen sei. Desungeachtet mußte er mit Marobod schleunigst ein Bündniß abzuschließen, und kehrte zur Donau zurück; Saturninus aber führte seine Truppen wieder an den Rhein (Vell. II, 108 — 110). — Es ist beachtenswerth, wie diese Feldzüge des Tiberius in Deutschland, die dessen Präfekt Vellejus in seiner Geschichte verherrlicht, von Dio beurtheilt werden. Wir lesen 55, 28 bei ihm: „Indess zog gegen die Kelten unter andern Feldherren auch *Tiberius* und drang erst bis zur *Weser*, darauf bis an die *Elbe* vor, *verrichtete jedoch Nichts von Bedeutung,* obgleich nicht nur Augustus sondern auch Tiberius den Titel eines Imperators annahmen, und der Statthalter über Deutschland *Gajus Sentius* die Ehren eines Triumphes erhielt, weil *aus Furcht vor ihnen* die Deutschen nicht nur einmal, sondern jetzt zum *zweiten Male* Frieden schlossen. Dass man ihnen aber, obgleich sie den ersten Frieden gleich darauf gebrochen hatten, doch wieder einen neuen bewilligte, kam daher, dass in *Dalmatien* und *Pannonien* ein grösserer Aufstand ausgebrochen war, der schnelle Vorkehrung nöthig machte.“

So hatte sich Germanien auch dieses Mal angesichts der römischen Gewalt unterworfen, stets bereit, die Fremdherrschaft wieder abzuschütteln. Dasselbe sagt Florus mit den Worten: „Allein die Germanen waren mehr besiegt als bezähmt, und beargwöhnten unsere Sitten mehr als unsere Waffen.“ Und Dio gibt den Gedanken in folgender Weise wieder: „Nicht aber hatten sie ihre väterlichen Sitten und angeborenen Weisen, nicht das freie Leben und das Recht der Waffen vergessen.“

Unter solchen Verhältnissen glaubte Augustus keinen passendern Statthalter und Feldherrn nach Deutschland senden zu können, als den Publius Quintilius Varus, welcher bis dahin die Provinz Syrien mit unerhörter Härte und Habsucht im Zaume gehalten und ausgesogen hatte. Derselbe langte wahrscheinlich im Sommer des Jahres 7 n. Chr. am Rheine an. Saturninus aber kehrte zur Feier seines Triumphes nach Italien zurück, mit ihm Vellejus, unser Geschichtschreiber, der in Rom zum Quästor vorgerückt, desselben Jahres noch eine Heeresabtheilung von Augustus nach Illyrien zu Tiberius führte (Vell. II, 111—113 dazu Dio 55, 30—33). Varus scheint im zweiten Jahre seiner Statthalterschaft, also 8 n. Chr., sich am Rheine weiter eingerichtet zu haben. Sein Schwester=sohn Lucius Asprenas befehligte als Legat zwei Legionen in den oberen Winterquartieren (Vell. II, 120), wahrscheinlich zu Trier; er selbst führte das Kommando über drei Legionen und das Hülfsvolk im unteren Winterlager, also bei Xanten und Wesel.

Erst im Frühlinge des Jahres 9 n. Chr. brach Varus auf, um einen Zug in die östliche Provinz zu machen. Den Asprenas ließ er zur Hut am Rheine zurück. Drei Legionen, die 19. 18. und wahrscheinlich die 17., denen er sechs Kohorten, vermuthlich gallische und germanische Hülfstruppen aus der westlichen Provinz, und drei Flügel Reiterei beifügte, schienen ihm für seinen Zweck zu genügen (Vell. II, 117). Zur Vertheidigung des Kastells Aliso an den Quellen der Lippe bestimmte er vorzugsweise Bogenschützen (Joh. Zonaras Epit. Hist. 10, 37); und schlug dann im Lande der Cherusker für sich und sein Heer, etwa 18000 Mann, ein Sommerlager auf (Dio 56, 18).

2.

Kriegslist der Germanen unter der Leitung des Cheruskerfürsten Arminius.

Bei den Cheruskern war Fürst Sigimer 7 n. Chr. gestorben, und sein Sohn Armin hatte in einem Alter von 25 Jahren die Herrschaft angetreten. Wir finden diese bestimmten Angaben in Tac. Ann. II, 88, wo aus dem Jahre 19 n. Chr. der Tod Armins gemeldet und hinzugefügt wird: *„Sieben und dreissig* Jahre des Lebens, *zwölf* der Herrschaft hat er erfüllt."* Kurz vor seines Vaters Tode scheint Armin, im Frühlinge des Jahres 7 n. Chr., jenen

Kriegszug des Tiberius gegen Marobob, unter dem Befehle des Statthalters Saturninus, noch mitgemacht zu haben; denn daraus erklärt sich hernach die bittere Feindschaft der beiden germanischen Fürsten zu einander (Tac. Ann. II, 45. 46). Wir wissen ferner aus Tac. Ann. II, 9. 10, daß Armin einen Bruder hatte, und daß seine Mutter im Jahre 16 n. Chr. noch lebte. Diesem Bruder überließ er wahrscheinlich beim Antritt der Herrschaft seine Stelle im römischen Heere; derselbe diente jedoch nicht mehr als Führer einer eigenen Schaar, sondern schlichtweg für Sold und militärische Auszeichnungen. Es heißt in der angeführten Stelle: „Der Bruder Armins war im Heere, mit dem Beinamen *Flavus*, von ausgezeichneter Treue; er hatte durch eine Wunde wenige Jahre zuvor unter dem Feldherrn *Tiberius* ein Auge verloren." So fügte es das Geschick, daß zu derselben Zeit, als Armin in seinem Vaterlande g e g e n die Römer kämpfte, sein Bruder im fernen Ungarn und Dalmatien f ü r dieselben stritt.

Hören wir jedoch zunächst aus unsern Geschichtsquellen, wie Varus die mit Tiberius befreundet gewesenen Cherusker gegen sich aufbrachte. Florus sagt: „Sie fingen an, die *Willkühr* und den *Hochmuth* des Varus nicht weniger als seine *Grausamkeit* zu hassen." Vellejus beurtheilt den Statthalter milder, und hebt vorzugsweise dessen Mangel an Feldherrntalent und dessen Trägheit als Ursache des nachherigen Unglücks hervor; er schreibt: „Varus Quintilius, aus einer mehr berühmten als edlen Familie entsprossen, ein Mann von *sanfter* Gemüthsart, *ruhigem* Wesen, von *Körper und Geist schwerfällig*, war mehr an das Wohlleben im Lager, als an Kriegszüge gewöhnt; wie wenig er aber ein Verächter des Geldes gewesen, das beweist seine Statthalterschaft in Syrien, denn er hatte als armer Mann ein reiches Land betreten und verliess das verarmte Land als reicher Mann. Als dieser dem Heere in Deutschland vorstand, bildete er sich ein, die Germanen seien Leute, die nur Stimme und Glieder von Menschen hätten, und die durch Waffen nicht hatten bezähmt werden können, werde er durch Rechtssprüche beschwichtigen“. Doch verschweigt Vellejus auch nicht die Willkühr und Grausamkeit des Varus; in einer spätern Stelle heißt es: „Die er immer wie das Vieh hingeschlachtet hatte, indem er über Leben und Tod derselben, bald im Zorne bald mit Milde verfügte.“ Dio sagt in möglichst schonender Weise dasselbe: „Als aber Varus Quintilius den Oberbefehl in Germanien übernommen hatte, und bei jenen die Verwaltung besorgte, versuchte er sie rascher umzuwandeln, *ertheilte ihnen alle Befehle wie Sklaven*, und *trieb Abgaben ein wie von Unterjochten.*

Die Unterhaltung eines römischen Heeres den ganzen Sommer hindurch, die Versorgung der Festung Aliso mit Lebensmitteln wird den Cheruskern und Brukterern schwer geworden sein. Die ersteren insbesondere werden den Unterschied gefühlt haben zwischen der klugen Behandlung durch Tiberius und der unsinnigen durch Varus. Vor Kurzem noch beehrte und beschenkte man sie als Bundesgenossen, jetzt sog man sie wie Unterworfene aus. Dazu kam, daß Varus ihre inneren Angelegenheiten nach römischem Rechte zu ordnen begann, und dadurch die Oberhoheit der Fürsten beschränkte. Zwar suchte er diese durch Einladung und Gastfreundschaft an sich zu fesseln; allein sein Hochmuth machte ihn bald selbst den Römerfreunden unerträglich.

Dio fährt fort: „Das hielten die Germanen nicht aus; die Fürsten strebten nach der frühern Gewalt, das Volk zog die gewohnte Ordnung der Fremdherrschaft vor. Sie empörten sich jedoch nicht offen, weil sie sahen, dass die Römer zahlreich am Rheine, zahlreich in ihrem eigenen Lande standen; sondern sie nahmen den Varus auf, als ob sie alle seine Forderungen er⸱ füllen wollten, und lockten ihn fern vom Rheine weg in das *Cheruskerland* und gegen die *Weser* hin. Mit den letzten Worten ist nicht gesagt, daß Varus bis an die Weser gekommen sei; sondern es ist damit nur die Richtung seines Marsches angegeben. Den Ort des Sommerlagers bezeichnet auch Vellejus nicht näher; es heißt bei ihm: „Mit dieser Absicht zog Varus mitten nach Deutschland hinein, als unter Menschen, die sich an der Süssigkeit des Friedens erfreuten, und verzögerte im Sommerlager mit Recht- sprechen vom Tribunale aus nach ordentlichem Gerichts- gebrauche." Ebenso finden wir bei Florus nichts darüber, wo Varus sich niederließ; aber mit Bestimmtheit sagt uns dieser Geschichtschreiber, zu welchem Zwecke eigentlich der Statthalter in die Provinz gezogen war, nämlich: „Jener wagte es, einen *Konvent* zu halten, und hatte sich un- vorsichtig ausgesprochen, er werde die Wildheit der Barbaren durch die Ruthen des Henkers und die Stimme des Herolds bändigen." Auf einem solchen Kon⸗ vente oder Provinzialtage wurden alle wichtigen Rechts⸗ und Straffachen höchsten Orts entschieden, zugleich die Verwaltungs⸗ angelegenheiten der Provinz, insbesondere die Auflage der Steuern und Leistungen, die Empfangnahme und nöthigenfalls die Eintreibung der Abgaben, die Verpflichtung der schon vor⸗ handenen Behörden und Einsetzung neuer Beamten, die Aushebung von Truppen und dergleichen besorgt. Es wäre der Mühe werth, im Lande der Cherusker jenes Sommerlager wieder aufzusuchen, wo die Germanen östlich vom Rheine zu⸗ erst römisches Recht in römischer Sprache hörten, und dessen Vollstreckung in nachdrücklichster Weise fühlten.

Wir lesen bei Dio weiter: „Und wie sie auch dort auf das friedlichste und freundlichste mit ihm lebten, brachten sie ihn zu dem Glauben, auch ohne Soldaten würden sie sklavisch gehorchen. So hielt denn Varus sein Heer nicht zusammen, wie es sich im Feindeslande geziemt hätte, sondern vertheilte davon an Schwächere auf ihr Ansuchen ganze Schaaren, entweder zur Bewachung gewisser Plätze, oder zum Einfangen von Räubern, sowie auch zur Begleitung der Zufuhren." Das Hauptheer lag übrigens unthätig im Lager, was wir aus Tac. Ann. II, 46 ersehen, wo Marobod dem Armin vorwirft, „dass er drei *müssige* Legionen und ihren des Betrugs nicht gewärtigen Feldherrn treulos hintergangen habe." Vellejus erzählt, wie die Germanen den Varus durch Rechtshändel absichtlich beschäftigten, und indem sie seiner Eitelkeit schmeichelten, ihn in völlige Sicherheit wiegten; er schimpft dabei auf die Barbaren im Tone eines Soldaten, wie folgt: „Aber jene, was Einer nur glaubt, wenn er es erfahren hat, bei grösster Wildheit sehr verschlagen, ein Geschlecht zum Lug geboren, brachten erdichtete Prozesse vor ihn, verklagten bald der Eine den Andern wegen Unrechts, und bedankten sich bald, dass dieses durch die römische Rechtspflege beigelegt, und ihre Wildheit durch eine neue sonst unbekannte Ordnung gemildert werde, indem jetzt das Recht entscheide, was sie früher durch Waffen ausgemacht. So führten sie ihn zur völligen Sorglosigkeit, dermassen, dass er glaubte, als städtischer Praetor auf dem Forum Recht zu sprechen, nicht aber mitten in Germanien einem Heere vorzustehen." Florus schreibt kurz: „Aber jene, die längst bedauerten, dass ihre Schwerter der Rost frass und ihre Pferde müssig standen, sobald sie die römische Amtstracht und ein Recht kennen lernten, noch grausamer als Kriegsgewalt, griffen unter der Führung des Armin zu den Waffen."

Dio wird in seiner Erzählung jetzt ausführlicher, als Vellejus und Florus; zugleich bringt er neue Thatsachen und Namen. Daraus schließen wir, daß er für seinen Bericht noch eine dritte Quelle gehabt habe, die uns nicht mehr zu Gebote steht. Wir fahren mit ihm fort: „Die Häupter der Verschwörung, welche bei dem Anschlage und nachher im Kriege anführten, waren unter anderen *Armin* und *Segimer;* beide sah man stets bei Varus und oft an seiner Tafel." Der hier erwähnte Segimer kann nicht der schon verstorbene Vater des Armin gewesen sein; sondern es ist der Bruder des Segestes. Zur Zeit der Varusschlacht herrschten nämlich, so viel wir aus unsern Geschichtsquellen wissen, über die Cherusker vier Fürsten; diese waren Segestes und sein Bruder Segimer, Armin und sein Vatersbruder Inguiomer. Davon scheinen Segestes und Segimer westlich, an der Ebene der Brukterer, und zwar der erstere südlich in der Nähe von Aliso (Tac. Ann. I, 57), der letztere nördlich in der Nähe des Sommerlagers (Tac. Ann. I, 71), gewohnt zu haben; Armin und Inguiomer aber östlich, an der Weser neben den Sueben, und zwar dieser südlich in der Nachbarschaft der Katten (Tac. Ann. II, 45), jener nördlich und den Angrivariern benachbart (Tac. Ann. II, 19). Vermuthlich war Inguiomer derjenige Cherusker= fürst, welcher im Bunde mit den Sueben und Katten (Flor. II, 30), als Drusus im Jahre 11 v. Chr. bis an die Weser vordrang (Dio 54, 33), dem römischen Heere eine Niederlage beibrachte, und zwanzig Hauptleute als Opfer verbrennen ließ. Zwischen ihm und den Römern bestand daher alte Feindschaft; weder Tiberius zeigte sich ihm jemals freundlich, noch lud ihn Varus mit zur Tafel ein. Nach Tac. Ann. II, 46 sagt Marobod im Jahre 17 n. Chr. über ihn: „Diesem Manne verdanken die Cherusker all ihre Ehre; durch seine Rathschläge sei ausgeführt, was irgend glücklich abgelaufen." In Tac.

Ann. I, 60 aus dem Jahre 15 n. Chr. heißt es: „Ins Bündniss wurde Inguiomer gezogen, der in altem Ansehn bei den ⸝Römern stand; dies mehrte die Furcht des Germanicus." Und auch jetzt im Jahre 9 n. Chr. scheint der Aufstand von diesem Cheruskerfürsten ausgegangen und so eingeleitet worden zu sein, daß er selbst als der Fernwohnende mit der Belagerung von Aliso begann, seinem Neffen Armin aber, der ihn trotz seiner Jugend als Feldherr übertraf (Tac. Ann. I, 68 und II, 21), die Hauptarbeit überließ, nämlich das Römerheer im Sommerlager anzugreifen. — Was die obige Angabe des Dio betrifft, daß Segimer zu den Häuptern der Verschwörung gehört habe, so muß dieselbe durch Tac. Ann I, 71 berichtigt werden, wo gesagt wird: „Leicht wurde von den Römern dem Segimer verziehen, schwerer dem Sohne." — Ueber Armin weiß der Geschichtschreiber Dio nichts hinzu zu fügen, obgleich Vellejus von dem jungen Cheruskerfürsten ein so schönes und anschauliches Bild entwirft, daß man die Ueberzeugung gewinnt, er müsse ihn persönlich gekannt, als Kriegskameraden sogar ihn lieb gewonnen haben. Seine Worte sind folgende: „Da benutzte ein Jüngling aus edlem Geschlechte, stark von Arm, rasch von Entschluss, und von einer bei Barbaren ungewöhnlichen Geistesgegenwart, Namens *Armin*, der Sohn des *Sigimer*, eines Fürsten dieses Volkes, dem das Feuer der Seele aus den Augen und vom Antlitz strahlte, ein beständiger Begleiter unserer früheren Kriegszüge, der schon das Bürgerrecht und die Ritterwürde erlangt hatte, die Lässigkeit des Feldherrn zur Ausführung eines Frevels, indem er klug berechnete, dass Niemand schneller überwältigt werde als derjenige, welcher nichts fürchtet, und dass die Sicherheit am häufigsten der Anfang des Unglücks sei. Zuerst macht er daher Wenige, bald Mehre zu Genossen seines Planes;

er sagt ihnen, die Römer könnten vernichtet werden, und überzeugt sie; von Beschlüssen schreitet er zur That, und setzt die Zeit des Angriffes fest."

3.

Verrath des Segestes, Nachtgelage bei Varus, die Verschworenen vor dessen Tribunale.

Wir kommen hiermit zu einer dunklen Stelle in der Geschichte, die wir vergebens etwas aufzuhellen versuchen würden, wenn wir nicht die Annalen des Cornelius Tacitus besäßen, die um 115 n. Chr. geschrieben sind. Diese scheinen dem Dio nicht zur Verfügung gestanden zu haben, was wir aus seinem höchst mangelhaften Berichte über die Kriegszüge des Germanikus in Deutschland (Bch. 57 Kap. 18) schließen dürfen. Für uns aber sind jene Jahrbücher um so werth= voller, als wir daran ein Mittel haben, die Angaben des Dio aus seiner uns unbekannten Quelle damit zu überwachen.

Wir fahren zunächst mit Vellejus fort: „Durch *Segestes*, einen uns treuen und berühmten Mann jenes Volkes, wurde solches dem Varus angezeigt. Derselbe erwiderte aber, er glaube nicht daran, jedoch wisse er den Beweis des Wohlwollens gegen ihn nach Verdienst zu schätzen. Nach dieser ersten Anzeige blieb für eine zweite nicht mehr Gelegenheit." Allerdings hat Segestes, wie wir aus Tac. Ann. I, 55 sehen, den römischen Statthalter mehrmals auf die Verschwörung aufmerksam gemacht; dieser hielt jedoch die Sache für nichts Anderes, als eine selbstsüchtige Verläumbung des einen Fürsten durch den andern, wie sie ihm vielleicht öfter vorgekommen war. Bei Florus lautet es ähnlich: „Indessen vertraute Varus so sicher dem Frieden, dass ihn selbst eine von Segestes, einem der Fürsten, verrathene Verschwörung nicht beunruhigte." Und Dio erzählt: „Während er daher gutes Muthes war und nichts Arges erwartete, schenkte er nicht allein Allen, die den Vorgang argwöhnten und ihm Wachsamkeit riethen, durchaus keinen Glauben, sondern schalt sie sogar als solche, die sich ohne Ursach ängstigten und jene verläumdeten."

Die letzten Worte deuten auf einen Vorfall hin, der sich während eines Nachtgelages ereignete, zu dem Varus die Fürsten der Cherusker eingeladen hatte. Segestes veranlaßte nämlich, weil er bei dem Feldherrn selbst kein Gehör gefunden, einige Untergebene desselben, den Armin samt seinen Mitverschworenen gefangen zu nehmen. Ueber dieses eigenmächtige Vorgehen entrüstet, weist jedoch Varus die Betreffenden auf die schwere Strafe hin, womit nach den Gesetzen derjenige bedroht sei, welcher einen römischen Bürger ungehört und ungerichtet in Fesseln lege. (Man vergleiche Apostelgeschichte 16, 35—39 und 22, 23—30.) Er befiehlt die schon Gebundenen los zu lassen, und verheißt, um auch den Seinen zu willfahren, die Sache vom Tribunale aus zu untersuchen. Wir lernen den Hergang vorzugsweise aus Tac. Ann. I, 55 kennen, wo es heißt: „Segestes hatte mehrmals, und noch beim letzten Gastmahle, nach welchem man unter die Waffen trat, eröffnet, eine Empörung sei im Werke; er rieth dem Varus, ihn und Armin und die übrigen Häupter zu fesseln: seien die Fürsten entfernt, so werde das Volk nichts wagen, er selbst aber Zeit gewinnen, Schuldige und Unschuldige zu unterscheiden." Und weiter in Kap. 58 sagt Segestes: „Den Armin, der das

Bündniss mit Euch gebrochen hat, habe ich bei Varus, welcher damals dem Heere vorstand, angeklagt. Hingehalten durch die Trägheit des Heerführers, und weil die Gesetze wenig Schutz verliehen, habe ich dringend gebeten, dass er mich und Armin und die Mitschuldigen in Fesseln lege. Zeuge ist jene Nacht; wäre sie doch für mich die letzte gewesen! Was folgte ist mehr zu beweinen, als zu entschuldigen. Uebrigens habe ich den Armin in Ketten gelegt, und von seinem Anhange Ketten erduldet." Auch Vellejus deutet jenen Vorfall beim Nachtgelage an: „Nicht einmal die Gelegenheit zu kämpfen oder abzuziehen, so sehr sie auch gewollt, war ihnen gegeben, ja sogar wurden Einige mit schwerer Strafe belegt, weil sie römisch gesinnt sich römischer Waffen bedient hatten."

So zogen denn die Fürsten frei auf Varus Befehl vom Nachtgelage ab, wurden jedoch bald hernach von ihm zur Untersuchung vor seinen Richterstuhl geladen. Dies lesen wir bei Florus: „Jener — o Sicherheit — zitirte sie vors Tribunal." Armin und die Mitverschworenen erscheinen, geben zu, daß bereits ein Aufruhr in der Ferne entbrannt sei, rathen dem Feldherrn, zur Unterdrückung desselben unverzüglich aufzubrechen, und versprechen, mit Hülfstruppen zu ihm zu stoßen. Dies erzählt Dio folgendermaßen: „Es empörten sich zuerst entfernt von ihm Wohnende der Verabredung gemäss, damit dem Varus, wenn er gegen diese zöge, auf dem Marsche, zumal er in Freundesland zu sein glaubte, leichter beizukommen wäre, und er nicht etwa, wenn plötzlich alle zugleich ihn angriffen, sich durch Vorsicht sicherte. Und so geschah es. Als er ausrückte, liessen sie ihn voran ziehen und blieben zurück, als wollten sie Truppen anwerben und ihm damit möglichst schnell zu Hülfe zu kommen." Daß Varus wirklich

die Thorheit beging, sein festes Sommerlager zu verlassen,
bestätigt Vellejus durch die Angabe, es sei von den beiden
Präfekten vertheidigt worden, während der Feldherr eben das
Heer hinaus führte. Die Stelle lautet: „Aber von den
beiden Lagerpräfekten gab L. Eggius ein ebenso herr-
liches, als Cejonius ein schändliches Beispiel; denn
letzterer, *da die Schlachtreihe längst den grössten
Theil hinweg genommen hatte,* wollte lieber durch de-
müthiges Flehen ein Urheber der Uebergabe sein, als
im Treffen sterben.“ ·

———

4.

Erstürmung des Lagers und erster Schlachttag.

———

Der einzige unter den betreffenden Geschichtschreibern,
welcher unumwunden berichtet, daß die Germanen das römische
Lager erobert haben, ist Florus. Seine Worte sind: „Daher
greifen sie den Unvorbereiteten und nichts der Art
fürchtenden unversehens an; sie dringen von allen Seiten
auf ihn ein: das Lager wird ihm entrissen, und ein
Heer von drei Legionen unterdrückt.“ Ueber den weiteren
Verlauf der Schlacht aber hat er nur dieses: „Nichts war
blutiger, als jenes Morden durch Sümpfe und Wälder
hin.“ Auch Vellejus faßt das Ganze kurz in die Worte zusammen: „Das tapferste aller Heere, das beste durch
Mannszucht und Uebung und Kriegserfahrenheit unter
allen römischen Soldaten, wurde, hintergangen durch
die Faulheit des Feldherrn, durch die Treulosigkeit der
Feinde, durch die Ungunst des Schicksals, eingeschlossen

von Wäldern und Sümpfen und Hinterhalten, bis zur völligen Vernichtung niedergehauen.“

Hier tritt dagegen Dio mit seiner Erzählung so ausführlich auf, daß man geneigt ist zu fragen, ob nicht Ausschmückung und Dichtung im Spiele sei. Vergleichen wir jedoch seine Beschreibung des Schlachtfeldes mit derjenigen, die uns Tacitus davon gibt, so können wir nicht umhin anzunehmen, er habe die Einzelheiten aus einer guten Quelle geschöpft. Wir fahren mit ihm fort: „Nachdem sie die Mannschaften, die irgendwo in Bereitschaft standen, herbeigeholt, auch die bei ihnen befindlichen Soldaten, die ein Jeder sich früher erbeten, getödtet hatten, rückten sie auf ihn los, als er schon in Wäldern steckte, aus denen schwer zu entkommen war. Und da auf einmal zeigten sie, dass sie Feinde, nicht Untergebene seien, und vollbrachten des Schrecklichen viel.“ Auf diese den Römern unerwartete Wendung bezieht sich der Vorwurf der Treulosigkeit, den Vellejus in der oben angeführten Stelle den Germanen macht. Selbst Tacitus sagt in den Ann. I, 55 von Armin und Segestes: „Beide ausgezeichnet, jener durch Treulosigkeit, dieser durch Treue gegen uns.“ Doch finden wir bei ihm nichts desto weniger auch diejenigen Bezeichnungen, welche den beide Cheruskerfürsten vom Standpunkte ihres eigenen Volkes aus zukommen; in den Ann. I, 59 wird das Verhalten des Segestes „Verrath“, und II, 45 Armin „der Streiter für die Freiheit“ genannt. Dem römischen Eindringlinge begannen die Germanen jetzt, List mit List und Gewalt mit Gewalt zurück zu zahlen.

Die Beschaffenheit der Gegend, in der am ersten Tage gekämpft wurde, beschreibt Dio wie folgt: „Die Berge waren schluchtenreich und unregelmässig, die Bäume dicht und überlang, so dass die Römer, bevor noch die Feinde auf sie eindrangen, sowohl mit dem Fällen der

Bäume, als auch wo es nöthig war, Wege und Brücken zu machen, ihre Noth hatten." Gerade so lernen wir das Schlachtfeld aus Tac. Ann. I, 61 kennen, wo berichtet wird, daß Germanicus dort sechs Jahre nachher noch die Gebeine der Gefallenen gefunden habe. Wir lesen: „Nachdem Cäcina voraus gesandt war, das *Verborgene der Wald-schluchten* zu durchsuchen, auch *Brücken und Weg-dämme* über nasse Sumpfstellen und trügerische Strecken zu legen, betraten sie die traurigen Oerter, schrecklich für den Anblick und die Erinnerung." Es darf ein Um-stand nicht unbeachtet bleiben, den Tacitus hinzufügt; zwischen den Bergen und Wäldern nämlich breitete sich eine mehr ebene und offene Fläche aus; denn es heißt weiter: „In der Mitte des *Feldes* lagen bleichende Gerippe, hier zerstreut dort gehäuft, wie man geflohen war oder widerstanden hatte. Es lagen dabei die Bruchstücke von Wurfspiessen und die Glieder von Pferden, deren Köpfe an die Stämme der Bäume geheftet waren."

Aus dem Sommerlager nämlich bewegte sich Varus mit seinem Heere, von den Germanen getrieben und umstellt, in Marschordnung fort, und zwar in Begleitung des ganzen Gepäcks. Dio erzählt: „Sie führten auch viele Wagen und Lastthiere mit sich, wie im Frieden; überdies waren der Kinder und Weiber nicht wenige, sowie eine zahl-reiche Dienerschaft bei ihnen, so dass sie schon um deswillen zerstreut marschirten." Nicht also einen weiteren Vormarsch in Feindesland gegen die Weser hin, wobei Varus seinen Troß im Lager unter dem Schutze der Präfekten gelassen haben würde, sondern er trat den Rück-marsch zum Rheine an, und suchte natürlich als nächsten Punkt die Festung Aliso an der Lippe wieder zu erreichen.

Weiter erwähnt Dio, daß auch ein ungünstiges Wetter nicht wenig zum Untergange der Römer beigetragen habe.

Er sagt nämlich: „Und dazu kam viel Regen und Wind, welcher sie noch mehr zerstreute, der um die Wurzeln und Stämme herum schlüpfrich gewordene Boden machte den Schritt sehr unsicher; auch die von den Bäumen niederbrechenden und herabstürzenden Aeste verursachten Unordnung." Diese durch höhere Gewalt entstandenen Schwierigkeiten, mit denen die Römer angesichts der Feinde zu kämpfen hatten, meint sicherlich Vellejus, wenn er in der oben zitirten Stelle sagt, das tapferste Heer sei hintergangen durch die Ungunst des Schicksals. Tacitus in den Ann. I, 55 schreibt: „Varus ist *durchs Geschick* und die *Gewalt Armins* gefallen;" er erkennt also auch das Verdienst des Armin in gebührender Weise an, was wir bei Dio vermissen.

Hatten die Germanen es der Kriegslist ihres Anführers zu verdanken, daß ihnen die Einnahme des römischen Sommer= lagers gelang, so durften sie es weiterhin seiner erfahrenen Leitung zuschreiben, daß Varus mit seinen Legionen nicht aus den Bergen entkam. Durch Voreilen auf Fußpfaden läßt Armin die Schluchten besetzen, wo etwa ein Weg in die Ebene sich den Feinden öffnet; er läßt die Seinen unverhofft aus Dickichten hervorbrechen, und drängt den Zug der Römer auf Sumpfstellen. Nirgends verstattet er dem Varus so viel Raum und Ruhe, um eine regelrechte Schlachtreihe aufzu= stellen; im Gegentheil, wohin derselbe vorbringt, da findet er sich bereits durch Hinterhalte gefaßt. Dieses lesen wir bei Dio in folgender Weise: „Während die Römer sich nun damals in solch einer hülflosen Lage befanden, um= stellten die Barbaren sie unvermuthet von allen Seiten zugleich durch das dichteste Gebüsch hindurch, da sie ja der Pfade kundig waren; und zwar warfen sie an= fangs aus der Ferne, darnach aber, als sich Keiner wehrte und Viele verwundet wurden, rückten sie dicht auf sie heran. Denn da die Soldaten weder in irgend

einer Aufstellung, sondern vermischt mit den Unbe-
waffneten und zwischen den Wagen marschirten, noch
auch sich irgendwo rasch zusammen ziehen konnten, so
waren sie im Einzelnen immer schwächer an Zahl, als
die sie Angreifenden, und litten daher viel, ohne es
vergelten zu können." Daß es auch sonst die Weise Armins
war, die Römer aus ihrem Lager zu locken und dann auf dem
Marsche zu fassen, durch verstellte Flucht die feindliche
Schlachtordnung auseinander zu ziehen und sich plötzlich auf
die ihn zunächst Verfolgenden zu werfen, mittels Richtwegen
dem Gegner voraus zu eilen und ihm aus Hinterhalten un=
vermuthet entgegen zu treten; daß Armin überhaupt die Bo=
denverhältnisse, Anhöhen und Schluchten sowie Dickichte und
Sümpfe, auf das vortheilhafteste zu benutzen verstand: das
ersehen wir aus Tac. Ann. I, 63. 65. 68. II, 11. 19.
Hierher gehört auch folgende Stelle aus Florus, die uns zeigt,
wie bodenlos stellenweise der Weg war, den Varus zu ziehen
gezwungen wurde: „Den dritten Adler brach der Fahnenträger ab, damit er nicht in die Hände der Feinde
käme, verbarg ihn unter seinem Gürtel und *versenkte
ihn so mit sich in den blutigen Sumpf.*"

In der größten Bedrängniß ließ Varus, wie es der
römische Kriegsgebrauch mit sich brachte, Halt machen, und für
die Nacht ein Lager aufwerfen. Dies erzählt Dio weiter:
„Und deshalb nun machten sie ein Lager, nachdem sie
irgend eine passende Stelle, soweit es eben auf einem
waldigen Berge möglich war, dazu gewählt hatten."
Schon an diesem ersten Schlachttage waren die Verluste der
Römer entsetzlich gewesen. Tacitus sagt: „An dem halb
eingestürzten Walle, an dem seichten Graben erkannte
man, dass sich hier *die Ueberreste des zusammen gehauenen Heeres* gesetzt hatten."

5.

Zweiter Schlachttag, Varus und seiner Legionen Untergang.

Die Erzählung des Dio vom folgenden Schlachttage wird gegenwärtig allgemein mißverstanden, indem man glaubt, es sei darin noch von einem dritten oder gar vierten Tagemarsche die Rede. Man vergleiche die deutsche Uebersetzung des Dio Cassius von Leonh. Tafel, Seite 1206, wo auf den Vorschlag des Reimarus der dritte Tag, und die neueste Ausgabe des Dio Cassius von Ludw. Dindorf, Band III S. 211, wo der vierte Tag in den Text hinein korrigirt wird. Es muß also zunächst unsere Aufgabe sein, die eigentlichen Worte des Geschichtschreibers richtig aufzufassen.

Die Römer scheinen in ihrem Nachtlager von den Germanen nicht beunruhigt worden zu sein, und sich am nächsten Morgen vor Tagesanbruch auf den Weg gemacht zu haben. Dio fährt fort: „Als sie darauf die meisten Wagen und auch das andere ihnen nicht durchaus Nothwendige theils verbrannt theils auch zurückgelassen hatten, marschirten sie zwar in geschlossenem Zuge besser am folgenden Tage weiter, und rückten sogar auf eine waldlose Stelle vor, kamen jedoch auch nicht unblutig davon." Diese Waldblöße benutzte der römische Feldherr, wie aus den nachfolgenden Worten des Dio hervorgeht, um seine Soldaten in Schlachtordnung aufzustellen. Die Hoffnung währte jedoch nicht lange; denn weiter heißt es: „Aber von dort aufgebrochen, geriethen sie auch wieder in Wälder, und wehrten sich zwar gegen die auf sie Andringenden, erlitten jedoch eben dabei nicht geringen Schaden; denn auf einen engen Raum dicht gedrängt, *um sich zusammen geschaart sowohl mit den Reitern als auch mit den Schwerbewaffneten zugleich auf die Feinde zu werfen*, waren sie viel Einer dem Andern, viel aber auch waren ihnen die Bäume hinderlich.“ Dazu trug nicht wenig das ungünftige Wetter auch an biefem zweiten Schlachttage bei, was Dio in Folgendem zu erwähnen nicht vergißt: „Denn als der Tag den Marschirenden anbrach, kam ihnen wieder ein heftiger Regen und starker Wind entgegen, der sie weder irgend wohin vorgehen, noch sicher still stehen liess, ja ihnen sogar den Gebrauch der Waffen benahm; denn weder Bogen noch Wurfspiesse, noch auch die Schilde, die ja durchnässt waren, konnten sie ordentlich gebrauchen.“ Was aber den Römern in biefer Weife zum Nachtheil gereichte, half anderfeits den Germanen zum fchnelleren Siege. Darum heißt es weiter: „Die Feinde nun, die grösstentheils leicht bewaffnet waren und volle Freiheit im Anlauf und Zurückweichen hatten, wurden davon natürlich weniger betroffen.“

Schließlich führt Dio noch folgenden für die Germanen günftigen Umftand an: „Ueberdies waren letztere bereits weit stärker an Zahl, da auch von denen, die anfangs den Ausgang abwarteten, manche sowohl aus besonderen Gründen, als auch um der Beute willen, hinzu kamen; erstere aber, an Zahl geringer geworden, da viele in den Kämpfen zuvor gefallen waren, wurden leichter umzingelt und niedergemacht.“ Fragen wir nun, welche Germanen es fein mochten, die anfangs zögerten, fpäter aber mit zugriffen, fo läßt uns barüber Tacitus nicht im Ungewiffen. Er berichtet in den Ann. I, 57, baß Segeftes zwar feine eigene unwandelbare Treue vor Germanitus barthat, für seinen Sohn aber um Gnade bitten mußte; und in Kap. 71, daß der **Bruder des Segestes** gleichfalls um Verzeihung für sich und seinen Sohn bei den Römern nachsuchte und dieselbe erhielt. Die erste Stelle lautet wörtlich: „Segestes hatte den Gesandten seinen Sohn beigegeben, Namens Segimund; aber der Jüngling sträubte sich aus Schuldbewusstsein; denn zum Priester am Altare der Ubier gemacht, hatte er in dem Jahre, als Germanien abfiel, die Priesterbinden zerrissen und sich zu den Aufrührern geflüchtet." Die zweite Stelle lautet: „Schon hatte Stertinius, der voraus gesandt war, um den Segimer, den Bruder des Segestes, in Pflicht zu nehmen, ihn selbst und seinen Sohn in die Stadt der Ubier abgeführt. Beiden wurde Verzeihung zu Theil, leicht dem Segimer, seinem Sohne nur mit Bedenken, weil man von ihm sagte, er habe des Quintilius Varus Leichnam verhöhnt." Die Angehörigen und Leute dieser den Römern benachbarten Cheruskerfürsten waren es also, die erst den Erfolg abwarteten, am zweiten Schlachttage aber den gemeinsamen Feind vollends vernichten und die Beute theilen halfen.

Von der sich mehrenden Zahl der Germanen immer näher umringt, bald auch verwundet, sah der römische Feldherr wohl ein, daß seine Sache verloren war; er legte die Hand an sich, und seinem Beispiele folgten die höheren Offiziere. Bei Dio lesen wir dieses wie folgt: „Darum vollbrachten Varus und die andern Angesehensten, da sie fürchteten, entweder gefangen zu werden, oder unter den Händen erbitterter Feinde zu sterben, denn schon verwundet waren sie, eine furchtbare aber nothwendige That; sie tödteten sich selbst." Bei Vellejus heißt es: „Der Feldherr hatte mehr Muth zu sterben, als zu kämpfen; denn er folgte dem Beispiele seines Vaters (Vell. II, 71) und Grossvaters, indem er sich selbst durchbohrte." Und bei Florus: „Der verlorenen Sache folgte Varus mit gleichem Schicksal und Muthe, wie Paulus dem Tage von Cannae (Flor. I, 22. Vell. I, 9). Daß Varus zuvor verwundet gewesen, finden wir auch in Tac. Ann. I, 61 erwähnt; man zeigte dem Germanikus später die Stellen des Schlachtfeldes, „wo Varus die erste Wunde erhalten, und wo er mit unseliger Hand durch eigenen Stoss den Tod gefunden habe."

Jetzt bemächtigte sich der noch übrigen Römer eine allgemeine Verzweiflung; die Germanen hingegen säumten nicht, ihren Sieg zu einem vollständigen zu machen. Dio schreibt: „Als dies bekannt wurde, wehrte sich auch von den Uebrigen kein Einziger mehr, selbst wenn er es gekonnt hätte; sondern die Einen folgten dem Beispiele ihres Anführers, die Andern übergaben ihre Waffen und liessen sich tödten von dem, der da wollte; denn fliehen konnte Keiner, und hätte er es auch noch so sehr gewünscht. So wurde nun ohne Scheu Alles niedergehauen, Mann und Ross." In den letzten Worten läßt sich der Geschichtschreiber Dio eine starke Uebertreibung zu Schulden kommen; denn es entrannen allerdings aus der Schlacht manche Flüchtige, und Gefangene wurden von den Germanen nicht minder gemacht, wie ich sogleich darthun werde.

Ein Rest der römischen Reiterei verließ im letzten Augenblicke das Fußvolk, und suchte durch die Flucht den Rhein zu erreichen, wobei jedoch der Führer in die Hände der Feinde fiel. Dies berichtet Vellejus wie folgt: „Aber Vala Numonius, der Legat des Varus, sonst ein ruhiger und braver Mann, gab ein böses Beispiel, da er das Fussvolk von der Reiterei entblösste, und fliehend mit den Schwadronen dem Rheine zueilte. Allein solche That rächte das Schicksal; denn er hat die Verlassenen nicht überlebt, sondern ist als Ausreisser gestorben." Der auf diese Weise umgekommene Vala Numonius scheint ein Freund des Horatius gewesen zu sein, und in der Gegend von Neapel ein Landgut besessen zu haben; denn der Dichter er=kunbigt sich bei ihm in der 15. Epistel des 1. Buches, die nach dem Jahre 23 v. Chr. geschrieben ist, über die Beschaffen=heit der Bäder Salernum und Velia. Später scheint Vala unter dem Statthalter Quintilius Varus schon in Syrien gedient zu haben; es findet sich nämlich an der Mem=nonssäule in Aegypten von ihm folgende Inschrift: „Als Kaiser Augustus zum dreizehnten Male Konsul war, bin ich, Cajus Numonius Vala, hier gewesen, am 25. März in der dritten Nachtwache." Dies war also im Jahre 2 v. Chr.; zum Steinbilde des Memnon (Tac. Ann. II, 61) aber pflegte man früh zu kommen, um die Stimme zu hören, die es der Sage nach bei den ersten Sonnenstrahlen von sich gab. (Siehe die Inschrift bei Wilh. Henzen in Inscript. lat. collect. Orell. vol. III. pag. 45. n. 5310). Zehn Jahre später in Germanien fand Vala auf schmählicher Flucht aus der Varusschlacht durch Feindeshand den Tod; ob seine Reiter, wahrscheinlich Bataver, sich bis zum Rheine durchgeschlagen haben ist unbekannt. Auch Legionssoldaten entkamen, was sich aus der Stelle in Tac. Ann. I, 61 schließen läßt: „Und die jene Niederlage Ueberlebenden, *der Schlacht oder den Fesseln Entronnenen*, zeigten, hier seien die Legaten gefallen, dort die Adler geraubt."

Daß die Germanen diejenigen, welche ihre Waffen streckten, nicht ohne Ursach hinmetzelten, sondern sie zu Gefangenen machten und menschlich behandelten, lehrt uns folgende Nach=richt aus Tac. Ann. XII, 27: „Die Freude des Sieges über die Katten wurde dadurch erhöht, dass man Einige von der Varianischen Niederlage *nach vierzig Jahren* aus der Knechtschaft befreite." Dio selbst erzählt: „Und nachher wurden auch Einige der Gefangenen von ihren

Verwandten losgekauft und wieder zurück gebracht. Dies war denselben jedoch nur unter der Bedingung erlaubt worden, dass sie ausserhalb Italiens lebten."

Von denen freilich, die dem Varus als Werkzeuge der Unterdrückung und Aussaugung, des Unrechts und der Grausamkeit gedient hatten, durfte Keiner auf Gnade bei den Feinden hoffen.

<hr>

6.

Kriegsgericht und Siegesfest der Germanen.

In der zu Venedig befindlichen Handschrift des Dio Cassius, nämlich im Codex Marcianus n. 395, fehlt für das 22. Kap. des 56. Buches ein Blatt; die jüngeren Handschriften aber enthalten alle dieselbe Lücke. Wir bringen daher zunächst aus den übrigen Geschichtsquellen bei, was etwa hierher gehört.

Ein glänzender Sieg war von den Germanen errungen; man errichtete für Armin ein Tribunal, von dem er zu seinen Kampfgenossen redete, darauf das Urtheil über die Gefangenen sprach, und schließlich die Siegeszeichen und Beute vertheilte. Dieses erfahren wir aus Tac. Ann. I, 61, wo erzählt wird, daß man dem Germanikus bei seiner Besichtigung des Schlachtfeldes noch zeigte, „von welchem Tribunale Arminius zum Volke gesprochen, wie viele Galgen und welche Gruben für die Gefangenen gemacht worden, und wie er die Feldzeichen und Adler im Uebermuthe verhöhnt."

Aus einer andern Stelle in Tac. Ann. läßt sich abnehmen, welche unter den gefangenen Römern etwa durch das

Kriegsgericht der Germanen zum Tode verurtheilt wurden. Nach I, 59 sagt Armin: „Niemals werden die Germanen es genügend entschuldigen, dass sie zwischen Elbe und Rhein die *Ruthen und Beile* und das *römische Gerichtskleid* gesehen haben. Andere Völker, der römischen Herrschaft fremd, kennen keine *Todesstrafen*, wissen Nichts von *Tributen*." Demnach hatten also die Henker, die Amtleute und Steuereintreiber den größten Haß auf sich geladen, und es ereilte sie jetzt eine schreckliche Vergeltung. Dieselbe Art und Weise der Hinrichtung, die sie bei den Germanen angewandt hatten, wurde auch an ihnen vollzogen; man heftete die Einen zur Schande, wie Sklaven, an Galgen (Tac. Ann. IV, 72); man ließ die Anderen, nach militärischem Brauch, in Gruben steigen und durchs Beil enthaupten (Tac. Ann. XV, 67). Daß Galgen und Gruben bei den Germanen selbst nicht üblich waren, sehen wir aus Tac. Germ. 12.

Florus verzeichnet übrigens die Handlungen der Rohheit, welche der Racheburst an den Verurtheilten ausübte. Er schreibt: „Einigen wurden die Augen ausgestochen, andern die Hände abgehauen, einem der Mund zugenäht, nachdem ihm zuvor die Zunge ausgeschnitten war, welche der Barbar in der Hand hielt und sagte: „Endlich hast du Natter aufgehört zu zischen." Vellejus verschweigt in seinem Berichte diese Mißhandlungen, weil es den Römern bereits mißglückt war, Rache dafür an den Cheruskern zu nehmen; er erwähnt lieber den Heldenmuth eines gefesselten Soldaten aus edler Familie, von dem er mit folgenden Worten erzählt: „Als man von Seiten der Germanen gegen die Gefangenen wüthete, verrichtete Caldus Caelius, seines alten Geschlechts durchaus würdig, eine ausserordentliche That; denn er fasste die Ketten, mit denen er gefesselt war, zusammen und schlug sie dermassen gegen seinen Kopf, dass Blut und Gehirn zugleich ausströmte und er sofort verschied."

Da man des Varus nicht lebendig habhaft geworden war, so traf die Rache seinen Leichnam. Bei Florus finden wir darüber Folgendes: „Auch selbst des Konsuls Körper, den die Liebe der Soldaten zur Erde bestattet hatte, wurde wieder ausgegraben." Und bei Vellejus weiter: „Des Varus halbverbrannten Körper hatte die Wildheit der Feinde zerrissen. Sein abgeschnittener Kopf wurde zu Marobod gebracht, und von diesem an den Kaiser geschickt, wurde er noch der Ehre des Familienbegräbnisses theilhaftig." Beide Stellen sind in Bezug auf die Art der Leichenbestattung beachtenswerth. Die Römer, wie Florus berichtet, begruben ihren Feldherrn, weil im Schlachtgewühl für eine ehrenhafte Verbrennung weder Zeit noch Raum war (Tac. Ann. I, 49); ihre übrigen Todten blieben unbestattet liegen, bis Germanikus die Gebeine sammeln und mit einem Grabhügel bedecken ließ. Die hierher gehörige Stelle aus Tac. Ann. I, 61 lautet: „Also begrub das römische Heer, welches zugegen war, im sechsten Jahre nach der Niederlage die Gebeine dreier Legionen, wobei Keiner wusste, ob er fremde Ueberreste oder die der Seinigen mit Erde bedeckte, Alle wie Angehörige und Verwandte, mit vermehrtem Grimm gegen den Feind, traurig zugleich und erbittert. Den ersten Rasen zur Aufrichtung des Hügels legte Germanicus, ein dankbarer Liebesdienst gegen die Abgeschiedenen, den Anwesenden ein Beweis theilnehmenden Schmerzes." Die Germanen dagegen scheinen, was sich aus den angeführten Worten des Vellejus schließen läßt, ihre Gefallenen unmittelbar nach der Schlacht verbrannt zu haben; denn auch dem herbeigebrachten Körper des Varus, nachdem der Kopf davon getrennt war, wurde diese letzte Ehre zuerkannt. Allein so groß und allgemein war der Haß gegen den Unterdrücker, daß man die halbverbrannte Leiche doch schließlich noch zerriß, und daß selbst der Sohn des Cheruskerfürsten Segimer sich an der Verhöhnung betheiligte (Tac. Ann. I, 71). Marobob erhielt den Kopf des Varus zugeschickt, vielleicht als Warnung, vielleicht auch als Aufforderung, sich gleichfalls von den Römern loszusagen. Dieser aber suchte dem Kaiser Augustus dadurch eine Gefälligkeit zu erweisen, daß er ihm das Haupt des gefallenen Statthalters für dessen Erbbegräbniß übersandte.

Was nun die eroberten Siegeszeichen und die sonstige Beute betrifft, so enthalten unsere Geschichtsquellen darüber folgende Andeutungen. Zuerst Florus: „Die Feldzeichen und zwei Adler besitzen die Barbaren noch jetzt." Nach Tac. Ann. I, 59 hing Armin diese Trophäen in den Hainen der Götter auf, und er weist im Jahre 15 n. Chr. mit den Worten darauf hin: „Noch jetzt sehe man in den Hainen der Germanen die römischen Feldzeichen, die er den Göttern der Väter aufgehängt habe." Mit jener Feierlichkeit scheinen Opfer verbunden gewesen zu sein; denn in Tac. Ann. I, 61 heißt es: „In den benachbarten Hainen waren die barbarischen Altäre bei denen sie die Tribunen und Centurionen ersten Ranges geschlachtet hatten." Auch die an Baumstämme gehefteten Pferdeköpfe deuten auf eine religiöse Handlung hin. Ueber die Opfer bei den Germanen lesen wir in Tac. Germ. 9, wie folgt: „Unter den Göttern ehren sie am höchsten den Merkur, welchem an gewissen Tagen auch *Menschenopfer* darzubringen sie für Pflicht halten; den Herkules und Mars sühnen sie mit *Gaben von Vieh.*"

Von der übrigen Beute, welche sicherlich eine sehr reiche war, vertheilte Armin an seine Kampfgenossen. Im Jahre 17 n. Chr., als er die Cherusker und die mit ihnen Verbündeten zu einer Schlacht gegen Marobod anfeuerte, wies er sie auf die Römerwaffen hin, die noch in ihrem Besitze waren. Es heißt in Tac. Ann. II, 45: „Damals musterte Armin zu Pferde das Ganze, und wie er an seinen Leuten vorbei ritt, erinnerte er sie an die wiedererrungene Freiheit, die niedergemetzelten Legionen, an die den Römern abgenommenen Beutestücke und Waffen, die noch in den Händen Vieler seien." Selbst Angehörige des Segestes, welche mit Armin für die Freiheit gestritten hatten, gingen bei der Beutevertheilung nicht leer aus. Als aber im Jahre 15 n. Chr. Segestes sich und die Seinen den Römern überlieferte, ließ er auch die Beutestücke wieder zu den Füßen des Germanikus niederlegen. Dies lesen wir in Tac. Ann. I, 57: „Auch Siegesandenken aus der Varianischen Niederlage wurden dargebracht, die den Meisten der jetzt sich Unterwerfenden als Beute gegeben waren."

7.

Belagerung und Einnahme des römischen Kastells Aliso.

Durch den Geschichtsauszug des Joh. Zonaras, eines Byzantiners aus dem zwölften Jahrhundert, sind wir in den Stand gesetzt, die oben erwähnte Lücke bei Dio Cassius auszufüllen. Wir finden nämlich den Bericht desselben über die Varusschlacht, zwar abgekürzt, übrigens jedoch fast wörtlich bei Zonaras wieder.

An der betreffenden Stelle nun fährt dieser zu erzählen fort, Buch 10 Kap. 37: „Und die Barbaren bemächtigten

sich aller befestigten Plätze, einen ausgenommen; da
sie sich bei diesem aufhielten, so überschritten sie
weder den Rhein, noch machten sie einen Einfall in
Gallien. Sogar jenen Platz vermochten sie nicht zu
erobern, weil sie das Belagern nicht verstanden, und
die Römer viele Bogenschützen hatten, von denen sie
zurückgetrieben und in grosser Zahl getödtet wurden.
Als sie darauf erfuhren, dass die Römer den Rhein
stark besetzt hielten, und Tiberius mit einem grossen
Heere heran eile, verliessen die meisten das Kastell,
die Bleibenden aber zogen sich etwas zurück, um nicht
durch plötzliche Ausfälle der Belagerten Schaden zu
leiden, und bewachten die Wege in der Hoffnung, sie
durch Mangel an Lebensmitteln zu besiegen. Die Römer
darinnen nun behaupteten den Platz, so lange ihr Vorrath anhielt, und warteten auf Entsatz. Als jedoch
Niemand ihnen zu Hülfe kam, und der Hunger drückend
wurde, benutzten sie eine stürmische Winternacht, und
zogen davon. Es waren aber wenige Soldaten und
viele Unbewaffnete."

Hier setzt der Text des Dio wieder ein; wir lesen bei
ihm weiter: „An dem ersten und auch zweiten Wachtposten der Barbaren kamen sie vorbei; als sie aber bei
dem dritten waren, wurden sie entdeckt, weil die Weiber
und Kinder beständig vor Ermattung und Furcht, sowie
der Finsterniss und Kälte wegen nach den bewaffneten
Männern schrieen. Und sie wären alle umgekommen
oder gefangen, wenn die Barbaren sich nicht mit dem
Raube der Beute aufgehalten hätten. Denn so ge-
wannen die Stärksten einen grossen Vorsprung, und als
die bei ihnen befindlichen Trompeter zum Schnellmarsch
bliesen, brachten sie dadurch den Feinden die Meinung
bei, als ob von Asprenas abgesandte Truppen nahe

wären; die Nacht brach nämlich herein und sie konnten nicht gesehen werden. Desshalb liessen jene von der Verfolgung ab, und Asprenas, sobald er das Vorgefallene erfuhr, kam ihnen wirklich zu Hülfe."

Weder Zonaras noch Dio nennt den Namen des belagerten Kastells. Daß es Aliso gewesen, erfahren wir aus Vellejus in den Worten: „Auch die Tapferkeit des Lagerpräfekten *Lucius Caedicius* und derer, die zugleich mit ihm in *Aliso* eingeschlossen, von zahllosen Schaaren der Germanen belagert wurden, muss gelobt werden. Indem sie alle Beschwerden, die der Mangel an Lebensmitteln unerträglich, die Gewalt der Feinde unübersteiglich machte, überwanden, verfielen sie weder auf einen tollkühnen Plan, noch ergaben sie sich träg in ihr Schicksal; sondern sie erspäheten eine günstige Gelegenheit, und bahnten sich mit dem Schwerte einen Rückweg zu den Ihrigen. Hieraus erhellt, dass Varus, gewiss ein ernster Mann von gutem Willen, mehr weil es ihm an Feldherrntalent gebrach, als weil ihn die Tapferkeit der Soldaten verliess, sich und das schönste Heer ins Verderben brachte." Den von Dio erwähnten Asprenas finden wir auch bei Vellejus wieder, wie folgt: „Dem *Lucius Asprenas* aber muss das Zeugniss gegeben werden, dass er als *Legat im Dienst unter Varus*, dem Bruder seiner Mutter, durch rasches und männliches Einschreiten ein Heer von zwei Legionen, denen er vorstand, bei jenem so grossen Unglück unversehrt bewahrt, und durch zeitiges Hinabeilen zu dem unteren Winterlager die schon wankenden Völker diesseit des Rheines im Gehorsam gehalten hat. Einige sind übrigens der Meinung, dass er zwar die Lebenden gerettet, sich jedoch des Nachlasses der unter Varus Umgekommenen versichert, und somit die Erbschaft

des vernichteten Heeres, so viel er nur gewollt, angetreten habe.“

Auf die Belagerung des Kaſtells Aliſo beziehen ſich
ferner drei Stellen in dem Werke über Kriegsliſten von
Sextus Julius Frontinus, der 75—78 n. Chr. Feldherr in
Britannien war, und ums Jahr 106 n. Chr. ſtarb. Zuerſt
Strategem. II, 9, 4: „Arminius Führer der Germanen,
liess die Köpfe derer, die er getödtet hatte, auf Spiesse
gesteckt, an den Wall der Feinde werfen.“ Dieſe Nach=
richt kann ſich nur auf Aliſo beziehen; es ſollte die Beſatzung
von der verlorenen Schlacht in Kenntniß geſetzt und zur
Uebergabe bewogen werden. Denn im Jahre 15 n. Chr.,
als Armin und Inguiomer das Lager des Cäcina angriffen
(Tac. Ann. I, 68), wußten die Römer es ohnedies, wie viele
der Ihrigen unterwegs ſchon gefallen waren. Die zweite
Stelle findet ſich Strategem. III, 15, 4 und lautet: „Als
die aus der Varianischen Niederlage noch Uebrigen belagert wurden, und es ihnen an Getreide zu mangeln
schien, führten sie eine Nacht hindurch Gefangene bei
den Speichern herum und schickten sie darauf mit ab-
gehauenen Händen fort, um den Ihrigen draussen zu
sagen, sie möchten nicht hoffen, die Römer durch
Hunger zur baldigen Uebergabe zu zwingen, da dieselben noch einen ungeheuren Vorrath von Lebensmitteln
besässen.“ Die Liſt ſcheint darin beſtanden zu haben, daß
man die gefangenen Germanen in der Finſterniß, ſicherlich mit
verbundenen Augen und auf verſchiedenen Wegen, mehrmals
zu denſelben noch mit alten Vorräthen gefüllten Speichern
führte, da in Wirklichkeit, wie wir aus Zonaras und Vellejus wiſſen, bald Mangel eintrat. Die Zufuhren von neuem
Korn konnten noch nicht geſchehen ſein; denn die Belagerung
begann mit dem eintretenden Herbſte. Wir ſehen übrigens,
daß vor jener barbariſchen Grauſamkeit, die Florus bei den

Germanen unerträglich findet, nämlich den Gefangenen die
Hände abzuhauen, auch die Römer nicht zurück schreckten,
sobald es ihren Vortheil betraf. Nach der früher angeführten
Stelle des Vellejus, worin er sagt, Varus habe die Germanen
nach Gutdünken wie das Vieh hingeschlachtet, muß man sogar
annehmen, daß letztere solche Gräuel von den römischen Liktoren
erst gelernt, und sonach den Feinden Gleiches mit Gleichem
vergolten haben. Tacitus berichtet in dem Gemälde ger=
manischer Sitten über Unmenschlichkeiten dieser Art nichts.
Die dritte Stelle ist Strategem. IV, 7, 8: „Als der Hauptmann erster Ordnung *Caedius*, welcher in Germanien
nach der Varianischen Niederlage den belagerten
Unsrigen als Führer vorstand, befürchtete, die Barbaren
würden das Holz, welches zusammen gebracht war, an
den Wall tragen und das Lager anzünden, so gab er
den Schein als mangle ihm das Brennholz, indem er
von allen Seiten Leute ausschickte, um Scheite zu stehlen,
wodurch er bewirkte, dass die Germanen sämtliche
Stämme fortschafften." In Betreff des obigen Namens
herrscht Unsicherheit; die Handschriften haben Caelius und
Cedius oder Caedius, alte Ausgaben auch Ceclius und
Cecilius; es ist also allem Anscheine nach der von Vellejus
genannte Lagerpräfekt Lucius Caedicius gemeint. Aus der
Erzählung selbst geht hervor, daß Wall und Gebäude des
Kastells größtentheils von Holz errichtet waren; nach dem
Abzuge der Römer wird es den Germanen mithin ein Leichtes
gewesen sein, dasselbe bis auf den Graben und Aufwurf hin
zu zerstören.

Wir hörten oben, daß der mit der Reiterei aus der
Schlacht entfliehende Vala Numonius den Weg zum Rheine
schon von Feinden besetzt fand; nicht einmal bis zum Kastell
an der Lippe schlug er sich durch. Es ist daher wahrschein=
lich, daß diejenigen vom Sommerlager des Varus weiterhin

Wohnenden, welche sich der Verabredung gemäß zuerst empörten, mit der Belagerung von Aliso den Anfang machten. In der Nähe dieser Festung scheint auch das· von Dio erwähnte Siegesdenkmal gestanden zu haben, welches die Römer, als böse Vorbedeutung der unglücklichen Schlacht, mit dem Antlitz nach Italien hin umgewandt sahen. Die Stelle heißt: „Und ein gewisses Siegesdenkmal, welches in Germanien war und gegen den Feind schaute, wandte sich nach Italien um." Wirklich nennt Tacitus in den Ann. II, 7 nicht fern von Aliso einen „alten von Drusus errichteten Altar", und Florus sagt, „Drusus habe einen gewissen erhabenen Hügel mit den erbeuteten Rüstungen und Abzeichen der Markomannen nach Art eines Siegesdenkmales geschmückt." Drusus war es auch, wie wir zu Anfang hörten, der zwanzig Jahre vor der Varusschlacht den Cheruskern diese Zwingburg entgegen stellte, die jetzt, im Winter des Jahres 9 auf 10 n. Chr., von Armin und seinen Verbündeten erobert und ohne Zweifel dem Boden gleich gemacht wurde. Noch einmal nachher im Jahre 15 n. Chr. richtete Germanikus das Kastell an der Lippe für eine Dauer von höchstens 16 Monaten wieder ein (Tac. Ann. I, 56. 60 und II, 7. 23), worauf die Römer es für immer verließen, und sich auf die Rheingränze zurück zogen. Daher schließt Florus seinen Bericht über die Varusschlacht passend mit den Worten: „Durch diese Niederlage ist es geschehen, dass die römische Herrschaft, die am Gestade des Oceans nicht stehen geblieben war, am Ufer der Rheines stille stand."

8.

Schrecken in Rom und Vorkehrung zur Abwehr der Germanen.

Nachdem Dio Cassius, in der Weise des Vellejus Paterculus, das bei den Germanen Vorgefallene, und zwar möglichst schonend für römische Leser, erzählt hat, wendet er, wie dieser, seinen Blick zur Hauptstadt zurück, indem er fortfährt: „Als damals Augustus das dem Varus Widerfahrene hörte, zerriss er, wie Einige sagen, sein Kleid, und ein grosser Kummer ergriff ihn, sowohl wegen der Umgekommenen, als auch aus Furcht vor den Germanen und Galliern, vorzüglich auch deswegen, weil er glaubte, sie würden auf Italien und selbst auf Rom losstürmen, und weil ihm keine wehrhafte Mannschaft von Bedeutung übrig geblieben, die Hülfsmannschaft aber, auch wenn sie brauchbar gewesen, jetzt nicht mehr zuverlässig war." Was die Trauer des Augustus um die Gefallenen betrifft, so ist zu bemerken, daß Quintilius Varus selbst durch seine Gemahlin Klaudia Pulchra zu den Verwandten des kaiserlichen Hauses gehörte (Tac. Ann. IV, 52. 66).

Den größten Schmerz jedoch verursachte dem Augustus der mißlungene Plan. Florus sagt: „Hätte er es doch nicht für so wichtig gehalten, auch *Germanien* zu besiegen! Aber weil er wusste, dass sein Vater *C. Caesar*, indem derselbe zweimal mittels einer Brücke über den Rhein setzte, Krieg gesucht hatte, so wünschte er sehr, ihm zu Ehren es *zur Provinz zu machen.*" Zu diesem Zwecke sandte Augustus seine besten Truppen an den Rhein

(Vell. II, 119), und wandte sowohl aus eigenen als auch aus Staatsmitteln ungeheure Summen dafür auf (Dio 55, 23—25). Wie sehr er jetzt den Verluft der Legionen beklagte, erzählt Suetonius Tranquillus in den ums Jahr 119 n. Chr. verfaßten Lebensbeschreibungen der zwölf Kaiser, Bch. 2 Kap. 23, folgendermaßen: „Schwere und schimpfliche Niederlagen hat Augustus nur zwei, und nirgend anders als in Germanien erlebt, die *Lollianische* und *Varianische;* und zwar erstere mit mehr Schande als Schaden verbunden, letztere fast Verderben bringend, indem drei Legionen mit dem Feldherrn und den Legaten und sämtliche Hülfstruppen fielen. Als die Nachricht davon ankam, liess er Wachen durch die Stadt hin ansagen, damit nicht irgend eine Unruhe entstände; und den Statthaltern in den Provinzen verlängerte er die Regierungszeit, damit die Bundesgenossen durch erfahrene und ihnen gewohnte Leute zusammen gehalten würden. Er gelobte auch grosse Spiele dem Allerbesten und Allerhöchsten Jupiter, *wenn er den Zustand des Staates zum Bessern wende,* was einst auch im Cimbrischen und im Marsischen Kriege geschehen war. Und man erzählt, so sehr bestürzt sei er gewesen, dass er mehre Monate hindurch, mit ungeschorenem Barte und Haupthaare, den Kopf zuweilen gegen die Thür gestossen und gerufen habe: *„Quintilius Varus, die Legionen gib zurück!",* den Tag der Niederlage aber habe er jährlich als traurigen Unglückstag gehalten." Man kann die in diefer Stelle genannte Lollianische Niederlage als die anfängliche Veranlaffung der von Augustus beabsichtigten Unterjochung Deutschlands, die Varianische Niederlage dagegen als das schließliche Ergebniß der zu diefem Zwecke gemachten Eroberungszüge betrachten. Im Jahre 16 v. Chr. hatten die Sigambrer und Tenkterer und

Ufipeten, welche am mittleren und unteren Laufe der Lippe wohnten, einige Römer die sich wahrscheinlich des Kundschaftens wegen in ihr Land wagten, aufgefangen und ans Kreuz geschlagen, und waren darauf Beute suchend in das linksrheinische Germanien eingefallen. Die ihnen entgegen rückende römische Reiterei wurde in einen Hinterhalt gelockt, und auch die fünfte Legion unter dem Legaten Markus Lollius besiegt, wobei der Adler verloren ging (Dio 54, 20 dazu Vell. II, 97 und Tac. Ann. I, 10). Dieser Unfall rief damals den Augustus nach Gallien und an den Rhein, und bestärkte ihn in dem Entschlusse, ganz Germanien zu bezwingen, und damit zugleich den empfangenen Schimpf auszutilgen. Allein nach 25jähriger Anstrengung und Aufwendung aller möglichen Mittel erreichte er jetzt in seinen letzten Lebensjahren nur das, daß die Cherusker den römischen Kriegsruhm durch die Vernichtung des Heeres unter Varus mit einer dreimal größeren Schmach bedeckten. Hieraus erklärt sich die oben von Suetonius geschilderte Wuth und Verzweiflung des Kaisers.

Wir erfahren aus der angeführten Stelle weiter, daß die von Vellejus genannten drei Alen Reiterei und sechs Kohorten Fußvolk, die das Unglück der drei Legionen theilten, den Hülfstruppen angehörten. Nach Dio 55, 23 enthielt eine Kohorte der Bundesgenossen gewöhnlich 1000 Mann; in Inschriften finden wir z. B. Kohorten der Nervier der Ubier und andere erwähnt. Auch Alen der Bundesgenossen von 1000 Reitern werden genannt, z. B. die 1. der Bataver und die 1. der Tungrer in einer zu Seckau in Steyermark gefundenen Inschrift (Rhein. Jahrb. 1851. S. 105). Das Heer des Varus bestand also zur Hälfte aus linksrheinischen Mannschaften, etwa 9000 Mann, zur Hälfte aus römischen Legionssoldaten, nach Abzug der im Winterlager und in den Kastellen zurückgelassenen Besatzungen auch etwa 9000 Mann. Die drei umgekommenen Legionen

waren bie 19. unb 18. unb vermuthlich bie 17. Für erft=
genannte haben wir eine Beweisftelle in Tac. Ann. I, 60,
wo es heißt: „Die Brukterer, die ihre Habe verbrannten,
schlug L. Stertinius, von Germanicus gesandt, mit der
leichten Mannschaft; während des Mordens und Plün-
derns fand er den unter Varus verlorenen Adler der
neunzehnten Legion wieder.“ Als Zeugniß für bie acht=
zehnte Legion befinbet fich zu Bonn im Königlichen Rheinifchen
Mufeum vaterländifcher Alterthümer unter Nr. 82 eine bei
Xanten gefunbene, einem Grabbenkmal angehörige Steinplatte
mit folgenber Infchrift: „Dem *Marcus Caelius*, dem Sohne
des Titus, aus dem Stamme Lemonia zu *Bononia*, der
als Hauptmann bei der *achtzehnten* Legion, drei and
fünfzig und ein halbes Jahr alt, in dem *Varianischen*
Kriege gefallen ist, möge man die Gebeine in diesem
Grabmale beisetzten, welches der Bruder *Publius Caelius*, der Sohn des Titus aus dem Stamme Lemonia,
errichtet hat.“ Die Vaterftabt bes Gefallenen war alfo
Bologna; wahrfcheinlich ließ der gleichfalls am Rheine
bienenbe Bruber ben betreffenben Stein in ben Jahren 14 —
16 n. Chr. aushauen, als noch Hoffnung war, unter Ger=
manifus ben Einen ober Anberen auf bem Varianifchen
Schlachtfelbe wieber zu finben, unb an irgenb einem Merk=
zeichen zu erkennen. Auch von ber fiebzehnten Legion glaubt
man, baß fie mit umgekommen fei, weil fie nirgenbs erwähnt
wirb. Fünf Jahre nachher finben wir in ber Rheingegenb
für ben Rachekrieg bie 2. 13. 14. 16. zu Trier als
oberes Heer, unb bie 1. 5. 20. 21. theils zu Köln
theils bei Wefel als unteres Heer aufgeftellt (Tac Ann. I,
37. 42. 45). Davon fcheinen bie 20. unb 21. fchon unter
Afprenas am Rheine gewefen zu fein; bie übrigen fechs
fchob Auguftus in ben vier Jahren nach ber Varusfchlacht
borthin vor.

Mit welcher Haft aber und durch welche Mittel der Kaiser in seiner Furcht, die Germanen möchten nach Italien kommen, neue Truppen in Rom zusammen raffte, das erzählt uns Dio wie folgt: „Dennoch besorgte er sowohl die übrigen Zurüstungen aus dem, was ihm zu Gebote stand, als auch liess er, da Niemand von den im wehrpflichtigen Alter stehenden dienen wollte, über sie loosen, und bestrafte von denen, die noch nicht fünf und dreissig Jahre alt waren, den fünften, von den Aelteren jedesmal den zehnten durchs Loos getroffenen mit Einziehung des Vermögens und mit Ehrlosigkeit. Und als endlich auch so sehr Viele ihm durchaus nicht gehorchten, so liess er Einige hinrichten. Indem er darauf von denjenigen, die schon gedient hatten, und von den Freigelassenen durch das Loos aushob, las er zusammen, so viele er konnte, und sandte sie sofort in Eile mit Tiberius nach Germanien." Noch im Winter des Jahres 9 auf 10 n. Chr. erschien dieser, wie wir aus Zonaras ersahen, am Rheine, wo Asprenas mit den zwei übrig gebliebenen Legionen ihn erwartete.

Vellejus verkündet uns jetzt die Thaten, die sein Feld= herr Tiberius von Neuem in Deutschland verrichtete; er kann, um sie würdig zu erheben, kaum Worte finden. Es heißt bei ihm: „Als Tiberius das gehört, eilt er zu seinem Vater; ein beständiger Schutzherr des römischen Reiches übernimmt er die ihm gewohnte Sache. Er wird nach Germanien geschickt, versichert sich Galliens, vertheilt die Heere, verstärkt die Festungen, und marschirt im Bewusstsein seiner Grösse, unbeirrt durch die Zuversicht des Feindes, der Italien schon mit einem Cimbern- und Teutonenkriege bedrohte, mit dem Heere über den Rhein. Er greift an, obwohl sein Vater und sein Vaterland schon mit der Abwehr zufrieden gewesen wären;

er dringt weiter hinein, überschreitet die Grenzwälle, verwüstet die Aecker, verbrennt die Häuser, macht nieder was vorkömmt, und kehrt mit höchstem Ruhme, nachdem Keiner von Allen, die er hinüber geführt hatte, versehrt war, in die Winterquartiere zurück. Mit derselben Tapferkeit und demselben Glücke, wie zu Anfang, machte der Feldherr Tiberius im folgenden Jahre den Einmarsch nach Germanien, indem er die Kräfte der Feinde durch Expeditionen mit der Flotte und mit dem Heere zermalmte." Dieses bis zum Lächerlichen übertriebene Lob des Tiberius muß auf das richtige Maaß zurück geführt werden, und ich stelle daher die Erzählung des Suetonius III, 18. 19 daneben: „Im nächsten Jahre ging er wieder nach Germanien, und als er einsah, dass die Varianische Niederlage durch die Unbedachtsamkeit und Nachlässigkeit des Anführers verursacht worden, so that er nichts ohne die Zuziehung des Kriegsrathes. Sonst immer nach eigenem Gutdünken und mit sich allein zufrieden, berieth er damals gegen seine Gewohnheit die Angelegenheiten des Krieges mit Mehren. Auch bewies er eine grössere Fürsorge als gewöhnlich. In der Absicht über den Rhein zu setzen, liess er den Vorrath von Lebensmitteln, der bis auf ein bestimmtes Maas eingeschränkt war, nicht eher hinüber bringen, als bis er am Ufer stehend die Fracht der Fahrzeuge nachgesehen hatte, damit nur das Bewilligte und Nothwendige hinüber geschafft wurde. Jenseit des Rheines aber verhielt er sich in der Weise, dass er auf dem blossen Rasen sitzend seine Speise genoss, oft ohne Zelt übernachtete, und alle Befehle des folgenden Tages, selbst wenn er etwas Eiliges aufzutragen hatte, schriftlich abgab, mit der Bemerkung, dass Jeder, der über Etwas in Zweifel sei, nur ihn und keinen Andern, selbst

zu jeglicher Stunde der Nacht, um Auskunft fragen
solle. Er hielt auf strengste Kriegszucht, und wandte
Rüge und Schimpf ganz nach alter Weise an, so dass
er sogar den Legaten einer Legion, weil derselbe einige
Soldaten mit seinem Freigelassenen zum jenseitigen
Ufer auf die Jagd geschickt hatte, mit Ehrlosigkeit an-
merkte. Gefechte begann er, obwohl er gar wenig dem
Zufall und gutem Glück überliess, dann immer weit
zuversichtlicher, wenn ihm bei nächtlicher Arbeit das
Licht, wenngleich Niemand daran stiess, plötzlich herab
sank und erlosch, indem er dieser, wie er sagte, ihm
und seinen Vorfahren wohl bekannten Vorbedeutung
vertraute. Und doch, obgleich Alles gut ging, fehlte
nicht viel, dass er von einem gewissen Brukterer getödtet worden wäre, der sich in seine nächste Umgebung
gedrängt hatte, aber durch seine Unruhe entdeckt wurde,
und auf der Folter ein Geständniss des beabsichtigten
Mordes ablegte." So behutsam also überschritt Tiberius
den Rhein, um zwischen den Grenzwällen an der Lippe hinauf
einen Vorstoß nur bis zu den Brukterern zu machen. Durch
die ausgesandte Flotte scheint er zugleich von der Seeseite
her die Friesen und Chauken bedroht zu haben. Das war
es, was er ausrichtete. Auch Dio schreibt dem Vellejus die
Verherrlichung des Tiberius nicht nach; sondern er erzählt in
folgender Weise: „Als Marcus Aemilius und Statilius
Taurus Consuln waren, gingen Tiberius und Germanicus,
letzterer als Proconsul, nach Germanien, und durch-
zogen einen Theil desselben; sie besiegten jedoch
weder einen Feind in einer Schlacht, weil ihnen Niemand zu Händen kam, noch unterwarfen sie ein Volk.
Denn da sie fürchteten, es möge ihnen wieder ein Unfall zustossen, so drangen sie nicht sehr weit vom
Rheine vorwärts, sondern blieben in dessen Nähe bis

zum Herbst, und kehrten, nachdem sie den Geburtstag des Augustus durch ein Pferderennen der Hauptleute gefeiert hatten, nach Rom zurück." Dies war also nach dem 23. September des Jahres 11 n. Chr.

9.

Die Germanen nach der Varusschlacht.

Auf den Befehl Armins waren zwei Fürsten, als der Freiheitssache gefährlich, sogleich mit dem Beginn des Aufstandes ergriffen und in Ketten gelegt worden, der Cheruskerfürst Segestes, welcher die Verschwörung bei Varus verrieth, und der Amsibarierfürst Bojokal, dem die Freundschaft der Römer mehr galt, als die Unabhängigkeit Germaniens. Ueber den letzteren erfahren wir Näheres in Tac. Ann. XIII, 55 aus dem Jahre 58 n. Chr., als die Amsibarier bei den Römern am Rheine um Ländereien baten. Die Stelle lautet: „Dieselben Aecker nahmen die *Amsibarier*, ein grösserer Volksstamm, nicht etwa durch seine eigene Menge, sondern durch die Theilnahme der angrenzenden Leute, in Besitz, indem sie vertrieben von den Chauken und heimathlos um einen sichern Ansiedelungsort baten. Bei ihnen war ein unter jenen Stämmen berühmter und uns auch getreuer Fürst, Namens *Bojocal,* welcher vorbrachte, *wie er beim Aufstande der Cherusker auf Armins Befehl gefesselt worden sei, hierauf unter den Feldherren Tiberius und Germanicus Kriegsdienste gethan habe.* Einem fünfzigjährigen Gehorsam füge er auch dieses noch bei, dass er sein Volk unter

unsere Botmässigkeit bringe." Die Amſibarier oder Ems=
anwohner ſtanden mithin, obgleich Nachbaren der Cherusfer,
dieſen im Freiheitsfampfe gegen Varus nicht bei. Desunge=
achtet gab Armin ihren Fürſten nach der Schlacht wieder los,
und ließ ihn ſogar im Beſiße ſeiner Herrſchaft. Bojocal aber
trat alsbald bei Tiberius in Kriegsdienſte, und ſtritt auch
unter Germanifus auf römiſcher Seite.

Die **Brukterer** dagegen ſcheinen in der Varusſchlacht
die Verbündeten der Cherusfer geweſen zu ſein, und ihren
Antheil an dem errungenen Siege zu haben; denn bei ihnen
eroberte Germanifus, wie wir hörten, den Adler der neun=
zehnten Legion zurüd. Daß die Cherusfer nicht ganz allein
den Kampf aufnahmen, geht auch aus der folgenden Stelle bei
Strabo hervor, Geograph. VII, 1, 4: „Gegen diese ist
Misstrauen von grossem Nutzen; denn die ihnen ver-
trauten, haben sie ins grösste Unglück gebracht; so
zum Beispiel *die Cherusker, und diejenigen, welche
denselben Folge leisteten*, bei denen drei Legionen der
Römer mit dem Anführer Varus Quintilius durch Ver-
tragsbruch und Hinterlist umkamen." Die Römer hatten
freilich durch ein gleiches Verhalten gegen die Germanen und
als unberechtigte Eroberer in deren Lande nichts Anderes
verdient.

Mit den Brufterern ſcheinen auch die **Marſen** gemein=
ſame Sache gemacht und ſich in der Weiſe betheiligt zu haben,
daß ſie den aus dem Teutoburger Walde oder von Aliſo
fliehenden Feinden den Weg zum Rheine abſchnitten. Daß
jedoch ein Legionsadler in ihre Hände gerathen ſei, iſt nicht
wahrſcheinlich, und die Erzählung in Tac. Ann. II, 25,
Germanifus habe denſelben dort wieder erobert, flingt lügen=
haft. Doch möge die Stelle der Vollſtändigfeit wegen hier
Plaß finden: „Dem C. Silius befiehlt er, mit dreissig-
tausend Mann zu Fuss und dreitausend Reitern ins

Chattenland einzufallen; er selbst wirft sich mit noch
grösserer Truppenzahl auf die *Marsen*, deren Anführer
Malovendus, der jüngst sich ergeben hatte und aufgenommen war, ihm meldete, im benachbarten Haine
werde ein vergrabener Adler der Varianischen Legion
von mässiger Bedeckung bewacht. Sogleich wurde
Mannschaft abgeordnet, den Feind von vorn heraus zu
locken; Andere sollten, von hinten sie umgehend, den
Adler ausgraben; und beiden stand das Glück bei.
Desto rascher zieht Germanicus verheerend ins Innere,
vertilgt den Feind, der keinen Widerstand wagte, oder
wenn er irgendwo Stand hielt, sofort geschlagen wurde,
und wie man von Gefangenen erfuhr, erschrockener war
als je." Es ist klüglich nicht gesagt worden, welcher Legion
der auf diese eigenthümliche Weise wieder gewonnene Adler
angehört habe, weil die Cherusker den echten als Gegenstück
dazu gewiß noch in ihren Händen hatten.

Von den Katten wissen wir, daß sie nach der Varus=
schlacht auch ihrerseits die Römer verjagten (Tac. Ann. XII,
27. 28), und das Kastell, welches Drusus bei ihnen nicht
weit vom Rheine (Dio 54, 33) im Taunusgebirge (Tac.
Ann. I, 56) angelegt hatte, zerstörten. Im Kattenlande
wollen deshalb 32 Jahre nachher die Römer, da es ihnen
nicht gelungen war, in das Cheruskergebiet vorzudringen, ihren
dritten Adler wieder erbeutet haben. Dio ist es, der uns die
Geschichte erzählt, nämlich Bch. 60 Kap. 8: „In demselben
Jahre bezwang Sulpicius Galba die Marusier, und Publius Gabinius, nachdem er über die Chatten gesiegt,
erwarb sich obendrein den Ruhm, *dass er den Legionsadler, der allein noch bei ihnen aus der Varianischen
Niederlage war, zurück brachte*, sodass Klaudius von
diesen beiden Siegen mit Recht den Imperatortitel
annahm." Der hier genannte Adler müßte jener von dem

Fahnenträger in den Sumpf versenkte sein. Wir sehen, daß die römischen Geschichtschreiber das Ihrige gethan haben, um den durch die Varianische Niederlage geschädigten Kriegsruhm wieder herzustellen.

Es war ein Glück für Armin und die Cherusker, daß während und nach der Varusschlacht die S u e b e n unter dem Markomannenfürsten M a r o b o d ruhig saßen. Als diese sich im Jahre 17 n. Chr. gegen Armin erhoben, und nach der verlorenen Schlacht um Hülfe bei den Römern baten, ließ Kaiser Tiberius, wie wir in Tac. Ann. II, 46 lesen, dem Marobod antworten: „Es stehe ihm nicht zu, römische Waffen gegen die Cherusker anzurufen, da er die Römer in ihrem Kampfe mit demselben Feinde durch keinerlei Hülfsleistung unterstützt habe.“

Die F r i e s e n blieben noch eine geraume Zeit unter römischer Botmäßigkeit. Die C h a u k e n trugen dem Germanikus im Jahre 15 n. Chr. sogar ihre Hülfe gegen die Cherusker an (Tac. Ann. I, 60), und standen folgenden Jahres in der schweren Schlacht zu J d i s t a v i s u s bei den römischen Bundesgenossen (Tac. Ann. II, 17).

Desto fester schlossen sich die Cherusker selbst nach der Varusschlacht um A r m i n zusammen. Fürst Segestes hatte es nur seinem Sohne zu verdanken, daß ihm der Verrath verziehen und seine Herrschaft belassen wurde. S e g i m u n d eilte nämlich von Köln herbei, und stritt mit Armin, wenn auch nicht mehr in der Teutoburger Schlacht, so doch bei der Belagerung von Aliso, gegen die Römer (Tac. Ann. I, 57). Auch seiner Schwester T h u s n e l d a gefiel der Kriegsheld Armin besser, als jeder Andere, und gegen den Willen ihres Vaters wählte sie ihn im Jahre 14 n. Chr. zu ihrem Gemahl. Der Sohn des Segimer, Namens S e s i t h a k, stand schon, wie wir hörten, in der Varusschlacht auf Armins Seite. Er heirathete, um sich die Katten näher zu verbinden, die

Tochter ihres Fürsten Ukromer, mit Namen Ramis (Strabo VII, 1, 4 dazu Tac. Ann. I, 56 am Ende).

Es war am 19. August des so eben genannten Jahres 14 n. Chr., als Kaiser Augustus starb, der ärgste Feind Germaniens. Die frohe Botschaft flog daselbst von Gau zu Gau; jetzt hielt man die drohende Gefahr für überwunden. Tacitus schreibt von diesen Tagen in den Ann. I, 50: „Fröhlich lebten ganz in der Nähe die Germanen, während wir durch die Trauer um den verlorenen Augustus, und hinterher dnrch Zwietracht aufgehalten wurden." Man überließ sich wieder mit Sorglosigkeit der gewohnten Lebensweise, und feierte mit Jubel die hergebrachten Feste.

Allein die Wetterwolke am Rheine wurde nur um so düsterer; denn Augustus hatte als Vermächtniß für Deutschland einen schrecklichen Rachekrieg hinterlassen, und noch in seinen letzten Tagen zur Ausführung desselben Germanikus, den Sohn des Drusus, bestimmt und abgesandt. (Tac. Ann. I, 3).

Ein Bild dieser für Deutschland schweren, schließlich durch die Tapferkeit der Cherusker abermals mit Ruhm gekrönten Zeit, gedenke ich in einem besonderen Büchlein, zu entwerfen, das sich gegenwärtigem unter dem Titel: „Der römische Rachekrieg in Deutschland während der Jahre 14—16 n. Chr. und die Völkerschlacht zu Jdistavisus nach den Geschichtsquellen dargestellt", anschließen möge.

Schlußbemerkungen.

Werfen wir nun einen Blick auf unsere Geschichtsquellen über die Varusschlacht zurück, so müssen wir zunächst als Ergebniß unserer Vergleichung derselben hinstellen, daß wir, ganz gegen die jetzt herrschende Meinung, nirgends einen Widerspruch in Hauptsachen gefunden haben. In Rücksicht sobann auf das Dunkel, welches den geschichtlichen Hergang der Varusschlacht bisher noch deckte, haben wir mit Ueberraschung erkannt, daß die bei den Schriftstellern sich zerstreut findenden Angaben hinreichen, um als Züge zu einem ziemlich vollständigen Gesamtbilde vereinigt zu werden.

Fassen wir jede Geschichtsquelle für sich ins Auge, und zwar zuerst den Bericht des Dio Cassius, so müssen wir gestehen, daß dieser Historiker zwar sich auch hier wieder als Kenner der Einzelheiten bewährt, und in dem, was er erzählt, eben nicht untreu ist, müssen dagegen doch erwähnen, daß er als römischer Staatsmann alles verschwiegen hat, was die römische Ehre zu sehr gekränkt haben würde, eine Untreue, welche man in ähnlicher Weise oft wiederfindet, die man einem Geschichtschreiber aber nicht verzeihen darf. Bei Dio erfahren wir nichts von der Erstürmung des Sommerlagers durch die Germanen, nichts von dem Verluste der Feldzeichen und Adler, obgleich er deren Wiedereroberung später in Bch. 57, 18 und 60, 8 berichtet; Segestes wird gar nicht von ihm genannt. Nach seiner Darstellung sind die Römer mehr durch

die Sümpfe und Wälder, Schluchten und Dickichte, durch
Regen und Wind besiegt worden, als durch die Tapferkeit der
treulosen Barbaren.

Ganz anders lautet der Bericht des Florus über die
Varusschlacht. Rücksichtslos klagt er den untauglichen Feld=
herrn an, seine schlechte Verwaltung der Provinz, die römischen
Laster den Germanen gegenüber. „Es ist schwerer", so schreibt
er, „Provinzen zu bewahren, als zu erobern; durch Gewalt werden sie erlangt, durch Gerechtigkeit behauptet;
daher war jene Freude kurz." Weiter oben: „Es wäre
geschehen, wenn die Barbaren unsere Laster ebenso,
wie unsere Herrschaft ertragen gekonnt hätten." Und
endlich: „Germanien ist mehr schändlich verloren, als
rühmlich erobert worden." Diese Schmach zu tilgen,
schickte eben Augustus sechs weitere Legionen an den Rhein.
Angesichts der Vorbereitungen zum Vergeltungskriege stellt
jetzt Florus den Römern, um sie zur Rache zu entflammen,
unverdeckt und im grellsten Lichte die ganze Schande vor die
Augen hin: „Das Lager ist genommen; drei Legionen
sind unterdrückt! Nichts grausamer als jenes Schlachten
durch Sümpfe und Wälder hin; nichts unerträglicher
als der Hohn der Barbaren! Einigen die Augen ausgestochen; Andern die Hände abgehauen; Einem die Zunge
ausgeschnitten und der Mund zugenäht! Die Feldzeichen
und Adler besitzen die Barbaren noch jetzt! Am Ocean
blieb die römische Herrschaft nicht stehen, und doch
am Ufer des Rheines!" Eine solche Sprache, gleichsam ein
Aufruf des römischen Volkes zu den Waffen, war dem Kaiser,
der mit größter Anstrengung neue Legionen schuf, gewiß nicht
unwillkommen, zumal in einem Buche, worin sein eigenes
Andenken verherrlicht wird, und welches mit den Worten
schließt: „Man berathschlagte auch im Senate, ob man
ihn nicht, weil er dies Reich gegründet habe, *Romulus*

nennen sollte; allein heiliger und ehrwürdiger erschien
der Name *Augustus*, damit er nämlich schon jetzt,
während er noch auf Erden wohnt, durch Namen und
Herrlichkeit unter die Götter versetzt würde."

Als Vellejus Paterculus seinen Bericht über die Varusschlacht niederschrieb, war der Rachekrieg bereits vierzehn Jahre
beendigt, und in der Hauptsache, nämlich an den Cheruskern
mißlungen. Kaiser Tiberius hatte im Jahre 16 n. Chr. den
Germanikus wiederholt durch Briefe gemahnt, wie wir in
Tac. Ann II, 26 lesen, „er solle zu dem für ihn be-
stimmten Triumphe zurück kehren; genug schon der
Erfolge, genug der Unfälle. Glückliche und grosse
Kämpfe habe er bestanden; auch dessen möge er ge-
denken, dass Stürme und Fluthen ohne des Feldherrn
Schuld dennoch schwere und schreckliche Schäden verursacht hätten. Er selbst, neunmal vom göttlichen
Augustus nach Germanien geschickt, habe mehr durch
Klugheit als Gewalt ausgeführt. So habe er die Su-
gambrer unterworfen, so die Sueben und den König
Marobod durch einen Frieden gebunden. Auch die
Cherusker und die übrigen aufrührischen Stämme könne
man, weil der römischen Rache Genüge geschehen sei,
den inneren Zwistigkeiten überlassen." Dieser Sachlage
entspricht der Ton in Vellejus Darstellung. Die Germanen
schilt er ein bei größter Wildheit sehr verschlagenes, zum Lug
geborenes Geschlecht. Er bedauert sichtlich, daß gerade Armin
sich habe zu diesem Frevel verleiten lassen, den doch Tiberius
selbst ins Bündniß aufgenommen, und für seine Verdienste im
Heere, wie Keinen sonst, sowohl mit dem Bürgerrechte als
auch mit der Ritterwürde beehrt habe. Dann aber verdeckt
Vellejus den eigentlichen Hergang der Sache mit den Worten:
„Das Ganze ist jetzt zu beweinen." Er spricht dem
Quintilius Varus manche gute Eigenschaft nicht ab, stellt ihn

aber als einen für seinen Posten durchaus unfähigen Mann
dar, über dem einmal ein böses Geschick gewaltet habe. „Das
Verhängniss widerstand schon den Rathschlägen und
hatte die ganze Schärfe seines Geistes abgestumpft;
denn es geht gewöhnlich so; wenn ein Gott das Glück
ändern will, so verwirrt er die Gedanken des Menschen,
und bewirkt, was das schlimmste ist, dass er verdient
zu haben scheint, was ihn trifft, und dass also der Zufall sich in Schuld verwandelt.“ Dies sind des Vellejus
Worte. Um so heller läßt er nun seinen Feldherrn Tiberius
hervor leuchten, dessen Talent und Tapferkeit und Glück über
Alles erhaben ist.

Unsere vierte und beste Geschichtsquelle sind die Schriften
des Cornelius Tacitus. Wir finden zwar darin keinen zu=
sammenhängenden Bericht über die Varusschlacht, da er seine
Jahrbücher erst von dem Tode des Augustus anhebt; allein
seine gelegentlichen Angaben über den Ort der Schlacht, vor=
züglich seine Beschreibung des Varianischen Schlachtfeldes sind
werthvoll, da sie uns in den Stand setzen, jene berühmten
Oertlichkeiten wieder aufzufinden. Seine Aufschlüsse über das
Verhältniß der Cheruskerfürsten zu den Römern und zu ein=
ander, insbesondere seine Hindeutung auf den Verrath des
Segestes, sind geeignet, uns einen tieferen Blick in den Zu=
sammenhang jener Ereignisse zu gewähren. Ueberhaupt läßt
uns Tacitus die Sache mehr, wie unsre vorhin erwähnten
Geschichtschreiber, von der germanischen Seite anschauen,
und es kommen bei ihm die Barbaren, deren natürliche
Sitten er in einer besonderen Schrift seinen Römern zum
Vorbilde hinstellt, auch in Etwas zu ihrem Rechte. Obwohl
er sich hütet, die strategischen Fehler des Varus dem Spott
der Nachwelt Preis zu geben, und sie mit den Worten zu=
deckt: „Was folgte, ist mehr zu beklagen, als zu entschuldigen (Tac. Ann. I, 58); so erkennt er doch auch die

Verdienſte Armins, des größten Römerfeindes, in würdiger Weiſe an, indem er ſchreibt: „Ohne Zweifel ist er *Germaniens Befreier*, der nicht etwa das römische Volk in seinen Anfängen, wie andere Könige und Feldherren, sondern das Reich in seiner höchsten Blüthe anfocht, in Schlachten nicht immer glücklich, im Kriege unbesiegt." (Tac. Ann. II, 88).

Meyer'sche Hofbuchdruckerei (Gebr. Klingenberg) in Detmold.